Bart Moeyaert

Bianca

Bart Moeyaert

BIANCA

Aus dem Niederländischen
von Bettina Bach

Carl Hanser Verlag

BIANCA

1

MEIN BRUDER HÄLT seine Gabel und sein Messer in der Hand. Er hat Hunger, sagt er.

»Ich nicht so.«

Ich finde es viel zu warm für warmes Essen.

Auf Alans nackter Brust ist ein Ausrufezeichen.

Man hat ihm schon dreimal den Brustkorb aufgeschnitten, aber es sieht nur aus wie ein Mal, und er lebt noch.

Bum-bum macht sein Herz links der Narbe.

Nein, stimmt nicht, bum-bum macht sein halbes Herz.

2

PING, MACHT DIE Mikrowelle hinter mir, trotzdem stellt meine Mutter nichts auf den Tisch.

Sie setzt sich hin und pflanzt die Ellbogen neben ihren Teller. Sie will was mit uns besprechen, sagt sie.

Und zu Alan: »Ruhig bleiben.« Sie hält ihre Hand vor sein Gesicht, als hätte er schon viel zu viel geredet, dabei ist Alan ruhig und sitzt still da und atmet.

Sie nimmt ihm Messer und Gabel weg.

Danach stützt sie die Ellbogen wieder ab und legt das Kinn auf die Hände. Sie guckt von mir zu einem Fleck auf dem Tisch, der die Form eines Fischs hat.

Dann holt sie tief Luft und sagt, mein Vater und seine Cruz wollten es anders machen als bisher.

»Ohne Einleitung, Mama«, sage ich.

Ohne Einleitung heißt es, Papa und seine Cruz fänden mich schwer zu händeln.

Das ist nichts Neues.

Neu ist der Vorschlag, der dann folgt.

Sie fänden es praktischer, wenn ich nicht mehr jedes Wochenende zu ihnen komme. Einmal alle zwei Wochen wäre besser, denken sie. Oder alle drei. Das wäre mir doch sicher auch lieber.

Oder?

Es klingt nicht nach einem Vorschlag. Es klingt, als würden wir es jetzt so machen.

Trotzdem wollen sie wissen, was ich davon halte.

Ich schaue von meiner Mutter zu dem weißen Teller vor mir.

Es liegt nichts drauf, aber wart mal: Guck noch mal hin. Auf einmal liegt da ein Stück zähes Fleisch, um das ich nicht gebeten habe.

»Bin ich nicht. Nur manchmal nicht ganz einfach.«

»Das habe nicht ich gesagt, Bianca«, sagt meine Mutter.

»Nein. Aber du könntest Papa widersprechen.« Meine Stimme zittert.

Mama schüttelt den Kopf und tut so, als würde sie lächeln.

»Ich gebe nur weiter, was er gesagt hat. Dann kannst du es gleich mit ihm und Cruz besprechen, wenn sie heute Nachmittag kommen. Deine Entscheidung. Du weißt doch, dass du ein Mädchen mit Gebrauchsanweisung bist, und darauf nehme ich Rücksicht. Du wolltest keine Einleitung, also hast du keine bekommen. Ich sage es so, wie sie es gesagt haben.«

Schwer zu händeln.

Ich schiebe den Teller weg.

Dann schaue ich zu Alan, der wieder Gabel und Messer in die Hand genommen hat und sie wie zwei Soldaten neben seinem Teller auf das Futter aus der Mikrowelle warten lässt.

»Und er?«, frage ich Mama und nicke in Alans Richtung.

Soll er doch mit dem Besteck machen, was er will. Obwohl er das Messer so gefährlich dicht ans Gesicht hält, dass er sich fast das Auge aussticht.

Alan schaut zu mir. Er seufzt. Er will nicht wissen, was ich davon halte.

Aber der Erklärung meiner Mutter hört er zu.

Sie sagt, für ihn würde sich nichts ändern.

»Das geht auch gar nicht, bei seiner Gesundheit. Der Junge ist neun.«

Sie meint, dass er *erst* neun ist, sagt es aber so, als würde er nie zehn werden.

Ich verdrehe die Augen. Hilfe!

Mama und Theater.

Seit ein paar Monaten besucht sie einen Kurs, das merkt man.

Alan verspürt die Neigung darzustellen, was er gehört hat. Dass er ein armes, armes Würstchen ist. Ein lächerlich kleines Etwas. Ein wehrloses Geschöpf.

Er lässt den Kopf über die Stuhllehne fallen und stöhnt und sagt mit der Stimme von Stewie aus *Family Guy*, er hätte Hunger. Er könnte einen ganzen Hackbraten verputzen. Oder eine ganze Schale warmer Kirschen, locker.

Ja-ha.

Er guckt schon ganz gierig.

Mama legt den Finger auf die weiße Pille neben seinem Glas, schiebt sie zu ihm.

»Prima, dann fang doch mal mit der an.«

Sie nimmt ihm erst die Gabel, dann das Messer aus der Hand und legt sie neben seinen Teller. Gleich gebe es Essen, sagt sie, und dass sie froh wäre, wenn er dann zwei, drei oder vier Happen isst.

»Bianca und ich sind fast fertig mit dem Besprechen.«

Alan hat das Maul eines Wolfs und den Magen einer Maus. Mit einem leeren Teller vor sich ist er der Allergrößte, aber wenn er dann was drauf hat, ist es immer viel zu viel, und er gibt auf.

Ich schaue zu Mama und frage sie mit einem Blick, ob sie von mir erwartet, dass ich gleich Ping mache, weil ich eine Minute über den neuen Plan von Papa und seiner Cruz nachgedacht habe und ihn eigentlich / ehrlich gesagt / logisch / klar doch / kein Problem / super finde.

Sie wartet.

Ich schweige.

Von wegen Ping.

Ich finde es nicht gut. Ich habe was anderes im Kopf. Einen ganz anderen Plan.

Sie beugt sich zu mir, als hätte ich was gesagt und sie hätte es nicht verstanden.

»Jetzt tu mal nicht so, als ob du dich auf die Wochenenden freust, Bianca. Ich habe nicht den Eindruck, dass sie dir fehlen würden, oder? Im Mai warst du froh, als sie gesagt haben, sie holen dich lieber am Samstag ab als am Freitag. Anderthalb Tage mit ihnen in einem Haus, das ist dir doch schon zu viel.«

»Das ist kein Haus, wo die wohnen.«

»Natürlich ist es ein Haus. Sie wohnen mit vielen anderen Menschen zusammen und das Gebäude hat ein Dach, also ist es ein Haus, das hat sich dein Vater so ausgesucht.«

»Und seine Cruz«, sage ich. »Ja, gut.«

Ich zucke mit den Schultern.

Ein Gebäude, das früher ein Speicher war, wo fast keine Wände sind und so ungefähr alles allen gehört / ja, okay / es hat ein Dach / es ist ein Haus.

Wenige Sekunden, mehr brauche ich nicht, um zu entscheiden, dass ich keine Lust mehr habe auf den Rest dieses Gesprächs. Sie werden es aber auch nie kapieren: Zuerst entscheiden sie ohne mich, und dann werde ich gefragt, ob ich die Entscheidung gut finde.

Diesmal nicht.

Ich habe keine Lust auf meinen Bruder, der sich aufführt wie ein ausgehungertes Tier, das über sein Essen herfallen will, um dann ein paarmal im Fleisch rumzustochern und am Ende um ein Butterbrot zu betteln – und es auch noch bekommt.

Ich habe keine Lust auf Soße, die aussieht wie Blut.

Ich will nicht aufpassen müssen beim Essen, weil Sauerkirschen Flecken machen und weil die Küche noch weiß ist und neu, und schau mal, wie schön grün der Philodendron ist.

Ich schiebe den Stuhl zurück. Die Stuhlbeine kreischen auf den Fliesen.

Mama fasst sich an den Kopf.

Spitze.

»Ich habe keinen Hunger«, sage ich.

»Du musst essen.«

»Muss ich nicht.«

Mama sagt zu meinem Rücken, dass ich dableiben soll. Dass ich jetzt essen soll, wegen meines Hungers später. Dass gleich ein Freund von Alan zum Spielen kommt. Und dass die Mutter dieses Freundes eine ganz besondere Frau ist. Dass ich im siebten Himmel sein würde, die Frau kenne ich nämlich. Ehrlich.

Sie schwört es.

»Du findest sie supertoll.«

Weil ich nicht reagiere, schlägt sie einen anderen Ton an.

Sie sagt, ich sei unfair. Wenn ich so weitermache, müsste sie am Ende noch meinem Vater und seiner Cruz recht geben.

Ich bleibe unten an der Treppe stehen, die Hand auf dem Geländer.

Schwer zu händeln.

Mama spricht es nicht aus, aber es geht ihr durch den Kopf.

Mir fallen viele Dinge ein, die ich gern tun oder sagen würde, doch ich atme nur tief ein und ganz langsam wieder aus.

Alan sagt: »Ich höre sie atmen, sie lebt noch.«

»Ja«, sagt Mama.

Sie geht mit seinem Teller zum Topf mit den Kirschen auf dem

Herd und fragt, wie man den Namen seines Freundes eigentlich richtig ausspricht. »Schees?«

Alan sagt etwas, was so ähnlich klingt.

»Genau«, sagt Mama. »So.«

Sie kichern zusammen.

Ich muss weg hier. Von diesem Zweiergekicher wird mir immer ein bisschen schwarz vor Augen.

Ich klopfe mir auf die Hosentasche.

Habe ich den Schlüssel dabei?

Ja.

Ich mache die Tür auf. Dann ziehe ich sie hinter mir zu.

Ich will nicht, dass man denkt, ich wäre wütend, aber wenn man das denkt, ist es auch nicht schlimm.

3

MAMA NENNT MICH *rasend.*

»Ich weiß, wie du dich fühlst, Kleine. So war ich auch in deinem Alter.«

Früher musste sie bei jeder Kleinigkeit Dampf ablassen, sonst hätte sie mit Sachen um sich geworfen.

Ich weiß, was Dampf ist, aber sie hat keine Ahnung, wie ich mich fühle.

Sie verwechselt mich mit einer verwöhnten Göre, die sich wütend auf den Boden wirft und mit den Füßen strampelt und *nein, nein, nein* brüllt.

Falsch.

Ich bin viel rasender, als sie denkt, aber mit einem Unterschied: Ich mache fast keinen Krach.

Wenn ich nachher zurückkomme, wird sie mich fragen, wo ich war.

Sie wird wissen wollen, ob jetzt wieder alles okay ist. Hat der Spaziergang geholfen, ist der Dampf abgelassen?

Bin ich jetzt wieder – äh – händelbar?

Ja, werde ich sagen.

Und einen Spaziergang beschreiben, den ich nicht gemacht habe.

Ich werde zeigen. Unter ihrem Arm durch. Mein Finger überquert die Brücke. Ich zeige bis ans hintere Ende der Bibliothek. Dann zeige ich im Bogen ums Altenheim und erzähle Geschichten über Leute, die ich nicht gesehen habe. Oder ich sage, ich hätte es nur bis zum Spielplatz geschafft und dort geschaukelt.

Sie nimmt Schauspielunterricht – ich brauche keinen.

Sie wird mir in die Augen schauen, und dann schaue ich zurück und erfinde immer weiter Geschichten, bis sie denkt: Ach, das wird schon, mit Bianca. Das Kind hat es nicht leicht, aber ich bin ja schon froh, wenn es jeden Tag ein bisschen weniger schwierig ist.

Wenn die wüsste.

4

WENN ICH MIR auf die Taschen klopfe, um zu spüren, ob ich meine Schlüssel dabeihabe, und dann die Haustür hinter mir zuziehe, mache ich keinen Spaziergang zum Dampfablassen.

Wenn ich die Tür zugezogen habe, biege ich rechts ab.

Vor dem Spielplatz wieder rechts und danach noch mal.

Ich gehe um den halben Block.

Am anderen Ende des Gartens kehre ich durchs Tor zu uns zurück. Dort bleibe ich im Schatten der Hecke stehen.

Keiner sieht mich.

Am Anfang habe ich mich mit dem Rücken an die Betonmauer gepresst und ein paar Sekunden gewartet und meinen ganzen Mut zusammengenommen.

Ich habe es nicht so mit Krabbelviechern.

Jetzt warte ich nicht mehr, es bringt nichts. Ich kneife die Augen zusammen und schiebe mich vorsichtig zwischen die Büsche und die Mauer.

Erst die Schulter und danach alles andere.

Ich muss aufpassen, dass mir der Beton nicht die Haut aufschürft. Hier und da lugen Bolzen raus. Manchmal bleiben meine Kleider dran hängen.

Immer ist da ein Moment, wo ich am liebsten kehrtmachen möchte. Weil ein Insekt summt oder sein Beinchen bewegt. Weil etwas juckt oder klebt. Da verpuppt sich alles Mögliche und kriecht und krabbelt rum.

Manchmal habe ich das Gefühl, die Hecke will nicht, dass ich da bin.

Dann pikst mir ein Zweig in die Seite.

Hau ab, hau ab.

Die Hecke war zuerst da.

Schon bevor wir eingezogen sind.

Einmal hat jemand einen Spaten in die Erde gestochen und eine Kuhle gegraben und den Anfang einer Hecke gepflanzt. Einmal dachte jemand: Das wird eines Tages eine Hecke, wo keiner mehr durchkommt.

Aber da haben sie nicht mit mir gerechnet.

Irgendwann ist die Betonmauer weg. Das fühlt sich immer komisch an.

Überall um mich rum ist nur noch Hecke. Staub und Grün, Spinnweben, stacheliges Holz. Als wäre ich in eine Baumkrone geworfen worden und wüsste nicht mehr, wo rechts und links, vorn und hinten ist.

Dann zähle ich bis drei, weil ich nicht für immer im Gebüsch gefangen sein möchte.

Drei, zwei, hopp.

5

DA STEHE ICH dann, heil und ganz, auf diesem winzigen Stückchen Erde, von dem niemand weiß, dass es das gibt.

Es ist echt nicht groß.

Ich kann mich nicht mal lang hinlegen.

Ich weiß nicht, von wem das Stück Erde ist oder von wem es früher war. Vielleicht gehört es zu unserem Garten, vielleicht zu dem der Nachbarin.

Das Plätzchen habe ich entdeckt, als ich acht war und einen Ball gesucht habe und alles noch viel größer wirkte als heute.

Unter einer Schicht Laub und Erde liegt eine Schicht Gartenplatten, von einem Schuppen, der mal dort stand.

Dann ist auf einer Seite die Betonmauer plötzlich wieder da. Auf der anderen sind die Hecke und ein Lattenzaun, der früher blau war.

Dieses Plätzchen gehört mir, aber ich teile es mir mit / haha / den Viechern in meinen Haaren und unter meinen Kleidern.

Das Kribbeln und Jucken gehen nicht weg, wenn ich mich kratze.

Meistens werde ich irgendwo gestochen. Jedes Mal kriege ich Beulen von Mückenstichen oder Bissen von einem anderen Insekt, das sich gewehrt hat.

An einer Stelle ist der Zaun locker. Ich ziehe eine Latte zu mir her und zwänge mich durch den Spalt.

Hinter dem Hühnerstall der Nachbarin steht ein vergessener Stuhl.

Die Nachbarin ist auch ein bisschen vergessen.

Wenn ich auf dem Stuhl sitze, kann ich wieder atmen. Bis dahin habe ich Steine in den Taschen mit mir rumgeschleppt / endlich kann ich meine Jacke ausziehen / so fühlt sich das an.

»Sitzt du bequem?«, frage ich mich.

O ja, lautet die Antwort.

Ich sitze bequem hier unter den Bäumen, in diesem fremden, verwilderten Garten, neben dem ehemaligen Komposthaufen der Nachbarin, hinter dem Hühnerstall, den Bohnenstangen und dem Gemüsegarten mit Salatköpfen, die aussehen, als wären sie explodiert, und dem Plastik-Spielhaus von *Frozen,* das seit ewigen Zeiten hier steht, es ist ganz ausgeblichen.

Keiner weiß, wo ich bin.

Die Nachbarin geht immer nur bis zum Hühnerhaus, nie weiter. Sie wirft den Hühnern Essensreste zu oder macht eine Luke auf und sammelt Eier ein, aber dann geht sie wieder ins Haus.

Ganz selten mal schleift sie einen Liegestuhl an eine sonnige Stelle. Dann kann ich durch ein Loch in der Wand des Hühnerstalls sehen, wie sie da liegt.

Eine Viertelstunde später hat sie die Sonne schon satt. Der Stuhl wandert zurück in den Schuppen, und sie geht wieder rein. Sie verschließt die Terrassentür und lässt manchmal sogar den Rollladen runter.

Solange ich hier sitze, bin ich nirgends.

Hier wird mich nie einer finden.

6

HEUTE GEBEN DIE Hühner keinen Mucks von sich. Meistens gackert eins, als wollte es die anderen warnen.

Vorsicht, Mädels, Vorsicht. Das Kind sitzt wieder da.

Wenn ich die Ohren spitze, höre ich Mamas und Alans Stimmen hinter den Bäumen.

Was sie sagen, kann ich nicht verstehen, obwohl die Schiebetür in der Küche offen ist.

Alan dürfte inzwischen einen Bissen Hackbraten runtergeschluckt haben. Vielleicht riecht sein Atem nach Sauerkirschen. Es kann aber auch sein, dass er längst um ein Butterbrot gebettelt hat.

Mit Aprikosenmarmelade, Mama, bitte.

Dafür hat er eine Vorliebe – etwas zu wollen, was Mama gar nicht im Haus hat. Er weiß, dass sie dann Schuldgefühle bekommt, und »Tut mir leid, Süßer« sagt und besonders lieb zu ihm ist.

7

ES KLINGELT AN der Haustür. Ich mache mich auf das Quietschen von Mamas Stuhl gefasst. Richtig, da ist es schon.

Danach bleibt es lange Zeit still.

Für Papas tiefe Stimme ist es noch zu früh.

Papa und seine Cruz haben gesagt, sie kämen mich im Lauf des Nachmittags abholen. Der Nachmittag hat gerade erst angefangen.

Davor muss noch das Mittagessen zu Ende gegessen werden, die Scheibe Hackbraten, das Butterbrot ohne Aprikosenmarmelade. Der Abwasch muss in die Spülmaschine.

Papa und seine Cruz müssen sich noch auf mich einstellen.

Sie halten mich noch nicht aus, es ist zu früh.

Ich höre Alan singen und johlen. Danach singt und johlt jemand anderes noch lauter als er.

Es muss dieser Freund von ihm sein.

Der Sohn von der besonderen Mutter / gut / super.

Lasst mich doch in Ruhe.

Ich bleibe einfach, ein bisschen schwer zu händeln, auf meinem alten Stuhl sitzen.

Oft bleibe ich hier mehr als eine Stunde. Wenn ich über Mama oder Papa nachdenken muss oder über beide zusammen, als sie noch zusammen waren, oder über Cruz.

In einer Plastikbox in einem knochentrockenen Loch zwischen Zaun und Hühnerstall bewahre ich ein paar Dinge auf.

Eine Capri-Sonne und eine Packung Rosinen.

Die Capri-Sonne nehme ich mir aus dem Kühlschrank und die Rosinen aus der Speisekammer, das ist kein Diebstahl.

Außerdem habe ich eine alte Keksdose drin mit Fotobüchern und ein paar Buntstiften und einer Schere und einem Heft zum Reinschreiben oder -zeichnen. Manchmal schreibe ich ein paar Sätze auf, wie ich mich fühle.

Manchmal schreibe ich nur ein Wort. Dann wird die Zeichnung drum herum groß. Ich kann sehr gut Blumen und Pflanzen zeichnen, die es nicht gibt.

In meinem Zimmer habe ich dicke Sammelalben. Die liegen unten im Kleiderschrank. Es wäre zu auffällig, sie hierher mitzunehmen.

Die Fotobücher sind alle zusammen in einer Hülle. Es sind Alben, die Mama online bestellt hat.

Eins ist aus der Zeit, als sie ein kleines Mädchen war.

Ein anderes aus der, als sie Papa noch nicht lange kannte. Den Fotos kann man nicht ansehen, dass die beiden eines Tages Kinder haben werden. Man kann auch nicht sehen, dass sie sich eines Tages trennen werden.

Außerdem gibt es noch ein Album aus der Zeit, als ich schon geboren war. In der Mitte kommt Alan dazu. Auf den Fotos ist unser Haus zu sehen.

Wenn ich unser Haus auf einem Foto sehe, macht mich das traurig. Ich weiß auch nicht, warum.

8

ALAN KLINGT WIE ein kleiner Vogel in einem Zeichentrickfilm. Der Freund, den ich noch nie gesehen habe, sagt auch was. Ihre Stimmen kraxeln in die Höhe, über die Sträucher und die Bäume, über den Zaun und den Hühnerstall.

Ich bin nicht neugierig, sage ich mir.

Und weiß selber, dass das nicht stimmt.

Natürlich will ich diese Mutter sehen, die ich angeblich so toll finde.

Soll ich mal so langsam von meinem Spaziergang zurückkommen?

Bevor ich die Frage beantwortet habe, bin ich schon aufgestanden.

9

IN UNSEREM WOHNZIMMER stolpere ich dann fast über die Beine von Billie King. Vor Schreck schlage ich mir die Hand auf den Mund. Ich muss hicksen.

Billie King sitzt in dem Sessel neben dem Fernseher, in der prallen Sonne, aber sie braucht nicht zu blinzeln. Sie ist Licht gewohnt.

»Hallo«, sagt sie.

Ich kann meinen Augen nicht trauen.

Ich bin so durcheinander, dass ich vergesse zurückzugrüßen.

Ich wollte eigentlich nur vorbeischauen / einen kurzen Blick auf diese Mutter werfen / aha, okay, die also bloß / und mich dann in mein Zimmer verkriechen / Zeit für andere Dinge.

Aber jetzt gehe ich weiter, zu meiner Mutter in die Küche. Ich bleibe neben ihr stehen und sage: »Billie King ist bei uns.«

Die Vorhänge neben der Schiebetür flattern. Draußen hört man Vögel und spielende Kinder.

»Bianca-Kind«, sagt meine Mutter, »wenn du am Tisch geblieben wärst, hätte ich es dir verraten.«

Sie streckt den Arm aus, greift nach dem Zucker im oberen Schrankfach. Dabei guckt sie über die Schulter.

»Und das ist ihr Sohn«, sagt sie, »wie heißt du noch mal, mein Junge, ich spreche deinen Namen immer falsch aus.«

Ich drehe mich um.

Da sitzt mein Bruder am Küchentisch und strahlt.

Ihm gegenüber sitzt ein Junge, der sich einen Rest Butterbrot in den Mund schiebt, in Ruhe fertig kaut und dann sagt: »Jazz.«

Sein Name dauert drei Sekunden.

Mit einer Kopfbewegung schüttelt er sich das blonde Haar aus dem Gesicht.

Da geht mir mit einem Mal auf, dass Alan also mit Billie Kings Sohn befreundet ist.

Und wo war ich die ganze Zeit? Saß ich auf meinem Stuhl, hatte ich mich unter einem Stein verkrochen, war ich in meinem Zimmer?

Der Nachteil beim Verschwinden ist, dass man ab und zu was verpasst.

Heute früh zum Beispiel habe ich meine Tasche fürs Wochenende gepackt. Ich lag auf dem Bett und hörte Musik. Danach schlich ich auf Zehenspitzen ins Schlafzimmer meiner Mutter. Dort holte ich wieder einmal ihr Leben unterm Bett hervor. Die Schachtel ist nicht groß, aber in meinem Zimmer wird sie riesig.

Und all die Stunden habe ich nicht gewusst, dass Billie King zu Besuch kommt.

10

MAMA ATMET SCHNELLER als sonst.

Sie findet es auch spannend – eine Schauspielerin bei uns zu Hause.

Sonst merkt man ihr nichts an.

Ihre Finger sind flatternde Schmetterlinge, die das Tablett verzieren.

Auf ein paar orangenen Servietten stehen eine Zuckerschale mit einem winzigen Löffel drin, die Porzellankuh mit der Milch, Tassen und Untertassen, ein Glasteller mit ein paar Kuchenstücken.

In die Mitte stellt sie die Teekanne.

»Was hat *das* zu bedeuten?«, flüstere ich.

»Was hast du gesagt?«

Ich gucke sie an, damit sie mir vom Gesicht abliest, dass ich nicht vorhabe, es zu wiederholen.

Ich beuge mich vor und zur Seite, bis ich den Fernseher und den Sessel im Blick habe.

Billie sitzt noch da, ich habe mich nicht getäuscht.

»Wollt ihr noch ein Butterbrot?«, fragt meine Mutter hinter meinem Rücken.

Mir ist ein bisschen schwindlig.

Die Vögel sind da und das Geschrei von ein paar Kindern draußen und meine Mutter, die mit dem Brotbeutel raschelt und für Jazz und meinen Bruder Butterbrote schmiert.

Von allen Dingen um mich rum ist Billie am wichtigsten.

Ich muss versuchen, den Rest auszublenden.

Billie sitzt bei uns im Wohnzimmer und ist sie selbst.

Sie blättert in einer Zeitschrift, in der die Rede von ihr ist.

Ach nein, stimmt nicht. Das Interview mit ihr habe ich letzten Mittwoch ausgeschnitten. Ich habe ein Sammelalbum über *Hier bei uns*.

Es war ein Interview über die Krankheit, die sie besiegt hat, und dass sie bald mit dem Dreh eines Films anfängt, auf den sich alle freuen. Sie spielt zwei Frauen in einem Film. Das hat es noch nie gegeben.

Billie streicht sich die Haare hinters Ohr.

Auf ihrem T-Shirt sind glänzende Blumen und auf ihrer Hose auch. Wahrscheinlich ist es warm da in dem Sessel, aber im Fernsehstudio ist es unter den Scheinwerfern natürlich noch wärmer.

»Vorsicht«, sagt meine Mutter, weil ich im Weg stehe.

Ich gehöre nicht zu Alan und auch nicht zu Jazz. Nicht zu meiner Mutter. Und auch nicht zu Billie, obwohl ich glaube, sie würde mich sehr gut verstehen, wenn sie mich kennen würde.

Billie weiß wahrscheinlich, wie man Gedanken zum Schweigen bringt.

11

DIE KINDER AUS der Nachbarschaft spielen im Sandkasten oder sie schaukeln – daher kommt das Quietschen, das ich höre. Sie schmeißen sich in Wannen und in Planschbecken.

Irgendwo in einem Haus weit weg liest eine Frau im Radio Nachrichten vor. Sie spricht von einer heiklen Angelegenheit. Dieses Wort verwendet sie zweimal.

Ich glaube, ich weiß, was »heikel« ist.

Alan und Jazz lümmeln auf ihren Stühlen rum und essen belegte Brote. Sie sitzen sich gegenüber und flüstern ein ganzes Gespräch lang.

Ich verstehe kein Wort von dem, was sie sagen, kann mir aber denken, worum es geht.

Gleich spielt mein Bruder Fußball mit Jazz oder Krocket und danach noch siebenundzwanzig andere Dinge. Natürlich werden sie auch schwimmen beziehungsweise das tun, was Alan schwimmen nennt.

Das Aldi-Planschbecken steht schon die ganze Woche da.

In dem Planschbecken baut Alan aus Eimern und Holzkisten Häuser. Dann wirft er eine Schublade mit Spielzeugautos drauf und spielt Tsunami.

Ein Wunder, dass das Planschbecken noch kein Loch hat. Jeden Tag bricht die Welt mindestens einmal zusammen.

Ganze Kontinente gehen bei seinen Erdbeben unter, und Alan überlebt sie auch nicht.

Er wird immer vom Wasser mitgerissen.

Um alles noch schlimmer zu machen, schnappt er sich den Gartenschlauch, klemmt sich die kaputte Brause unter die Achsel oder zwischen die Beine. Dann legt er sich hin und drückt mit dem Kopf den obersten Ring des Planschbeckens runter, und das Wasser läuft vorbei an seinen Ohren über den Rand, und der Strahl sprudelt aus dem Schlauch und spritzt in alle Richtungen.

Danach wird das Planschbecken ein Boot.

Alan geht über Bord und wälzt sich über den abgesoffenen Rasen. Er schwimmt Brust, oder er krault, wie er es gelernt hat, und versucht sich zu retten.

Wenn er Schiffbrüchiger spielt, sieht er aus wie ein ertrinkender Grashüpfer.

Auf dem Rasen schwimmen, das sehe ich bei Jazz mit seinen blonden Haaren nicht direkt vor mir.

Jazz hat wahrscheinlich einen richtigen Pool zu Hause.

12

MEINE MUTTER STELLT das Tablett mit dem Tee auf den Wohnzimmertisch und fragt, ob Billie wirklich nicht lieber Saft oder Eistee möchte. Im Kühlschrank hätte sie eine Kanne Eistee mit Zitrone und Eiswürfeln.

»Soll ich die Kanne holen und noch ein paar Eiswürfel reintun?«, fragt sie.

Billie antwortet, dass etwas Warmes bei der Hitze gut wäre.

Sie klingt ruhiger als im Fernsehen.

Bei *Hier bei uns* heißt sie Ilona Alders und arbeitet in einer Kneipe.

An Wochentagen muss sie den Lärm mit lauter Stimme übertönen. Sie verschränkt immer erst die Arme, und danach legt sie eine Hand an die Wange, und in diese Hand legt sie dann ihren Kopf. Und danach erst macht sie den Mund auf.

Aber hier sieht es im Gegenteil so aus, als wäre ihr Kopf ganz leicht. Wahrscheinlich freut sie sich, dass sie eine Weile Ruhe hat und sie selber sein kann.

Sie braucht gar keinen Lärm zu machen. Ich könnte sie sogar hören, wenn sie nur etwas denken würde.

Die Löffel klirren in den Tassen.

Ich nehme mir ein großes Glas aus dem Schrank, vergesse aber, mir Wasser einzuschenken.

Ich stehe da und lausche, so wie Billie es auch oft tut, wenn sie Ilona ist. Ihre Ohren gehören zu ihrem Beruf.

In der Kneipe spült sie tagelang ab oder zapft Bier. Man sieht ihr an, dass sie gut zuhören kann, sich manchmal aber taub stellen muss.

Beim Lauschen zieht sie den Bauch ein und stellt sich an die Tür. Auf der Seite des Ohrs, das am besten hört, wandert ihr Auge bis in den Augenwinkel. Im Nebenzimmer unterhalten sich dann zum Beispiel Dagmar und Sam oder jemand anderes von *Hier bei uns* und erzählen sich Dinge, die noch keiner weiß.

Ilona sagt oft: »Was hat *das* zu bedeuten?«, mit Betonung auf das. Wenn sie gerade an der Tür gelauscht hat und jemand kommt unerwartet in den Raum oder die Tür fliegt auf, sagt sie es wieder.

»Um Himmels willen, was hat *das* zu bedeuten?«

Kein anderer kann den Satz so gut aussprechen wie sie, mit jedem einzelnen Buchstaben und allen verschiedenen Bedeutungen. Ich versuche, nicht zu oft *was hat* das *zu bedeuten* zu sagen, aber ich sage es trotzdem gern.

13

ICH HÖRE BILLIE summen. Sie sagt, der Tee riecht herrlich.

Ich atme tief durch die Nase ein, als könnte ich ihn dann auch riechen.

Oder ihr Parfum.

Sam hat ihr mal gesagt, dass sie nach Kirschen riecht.

Lange Zeit war er total verliebt in Ilona. Meistens trägt er kurzärmlige Hemden mit Karos. Sie stehen ihm sagenhaft gut.

Ilona und Sam waren zusammen, aber nur kurz.

Beim Küssen sahen sie zukünftig aus. So nannten sie es in einer Fernsehshow.

Da haben sich die Zuschauer gefreut, denn die wahre Liebe gab es, und sie konnte überall anklopfen. So hieß es in der Sendung: Die wahre Liebe gibt es, und sie kann jederzeit bei einem anklopfen. Und dann wurde ein Foto von Sam gezeigt, wie er irgendwo an die Tür klopfte.

Trotzdem sagte Ilona *Nein*, als er ihr einen Heiratsantrag machte.

Das war auf Mallorca. Schon die ganze Woche lag der Antrag in der Luft, und alle dachten an ein Ja, also schlug die Antwort ein wie eine Bombe.

Nein.

14

HINTER MEINEM RÜCKEN fragt mein Bruder Jazz, ob er Lust hat, Fußball zu spielen. Oder zu schwimmen. Und ob er eine Badehose dabeihat.

»Nein«, sagt Jazz.

»Macht nichts«, sagt Alan und zieht seine Shorts runter und zeigt ihm seine Badehose. »Im Sommer trage ich meine Badehose als Unterhose. Aber du kannst auch einfach in Unterhose schwimmen, das stört meine Mutter nicht. Ich kenne eine super Art zu schwimmen.«

»Auf dem Rücken?«, fragt Jazz.

»Nein, auf dem Gras«, sagt Alan.

Ich drehe mich zum Tisch um, weil ich sehen möchte, was für ein Gesicht Jazz macht.

Jazz strahlt. Er ist ganz begeistert bei der Aussicht, auf dem Gras zu schwimmen.

Er muss aber noch lernen, wie man das macht, sagt er.

»Ich zeige es dir«, sagt Alan.

Jazz hebt beide Daumen.

Gar nicht schlau von ihm. Er weiß nicht, worauf er sich einlässt.

Er weiß nicht, dass Schlamm unter dem Gras ist. Dicke Würmer kommen aus der Erde gekrochen, um nach Luft zu schnappen, aber sie ertrinken trotzdem.

»Right«, sagt Jazz.

Von den Butterbroten in seinem Bauch muss er laut rülpsen.

»Wo sind deine Manieren?«, ruft Billie aus dem Wohnzimmer.

»Sorry, Ma«, antwortet Jazz. Er spricht es aus, als wäre es ein Wort.

Dann schiebt er den Stuhl zurück und geht mit Alan in den Garten.

Sie wollen erst noch Fußball spielen und danach schwimmen, aber vielleicht spielen sie auch erst Krocket oder Tischtennis oder Doktor Bibber oder Verkleiden, oder sie denken sich noch dreiundzwanzig andere Dinge aus, und bei jedem bleiben sie dann ganze dreißig Sekunden, und das alles auf unserem kleinen Stück Rasen.

15

MEINE MUTTER FRAGT nicht, ob ich zu ihnen kommen will.

Sie unterhält sich mit Billie über Jazz und über Alans Gesundheit, verwendet dabei das Wort Affentheater. Sie zeigt auf das Beatmungsgerät unter der Hülle, das hinter dem Sofa steht, und sagt: »Das wird er nie wieder los.«

Von mir ist nicht die Rede. Auch nicht leise. Auch nicht in Halbsätzen mit langen Pausen dazwischen.

Eine Zeit lang sehe ich mir das Gespräch an.

Die Teetassen bleiben in der Luft über den Untertassen in ihren Händen stehen.

Meine Mutter posiert gerade für ein Foto, aber es gibt keinen Fotografen.

»Was willst du, Süße?«, fragt sie mich. Sie stellt ihre Tasse auf die Untertasse und lächelt eine Runde. »Was machst du da?«

Billie hält mich für schüchtern, weil ich nichts sage.

Aber ich denke nach, das ist nicht dasselbe.

»Willst du nicht mit den Jungs spielen?«, fragt meine Mutter, als wäre ich neun.

So formuliert sie Fragen an mich gern. Als wäre ich der Auslöser / die Schuld / das Problem.

Darauf, dass Alan vielleicht gar keine Lust hat, mit mir zu spielen, kommt sie nicht.

Feuer und Wasser, zusammen zischen sie interessant. Eins erlischt, und das andere verdampft.

Es wäre schön, wenn Mama fragen würde, ob ich Tee möchte, einen Saft, Eistee. Es wäre schön, wenn sie sagen würde: »Soll ich die Kanne holen und noch ein paar Eiswürfel reintun?«

Ich warte eine Weile.

Ich schaue zu Billie und merke plötzlich, dass ich mir eigentlich Ilona ansehe und an Ilona denke.

Komisch, dass jemand zwei Menschen ist.

Ich darf die beiden nicht verwechseln.

Billie streckt mir die Hand entgegen und sagt: »Hallo noch mal«, und ich sage »Hey« und schlenkere ein bisschen komisch mit ihrer Hand rum.

»Vorsicht«, sagt Mama, weil die Teetasse fast runtergefallen wäre. Dann zeigt sie mit dem Kopf zur Tür.

Ich nicke, ohne zu fragen, ob sie will, dass ich gehe. Ich glaube, dass sie das will.

16

AUF DER TREPPE bin ich so leise wie möglich, ich drehe die Ohren nach hinten. Ich will wissen, was gleich über mich gesagt wird. Natürlich werden sie über mich reden.

Oh, Billie.

Mit so einem Seufzer legt meine Mutter dann los.

Bianca ist ja so schwierig. Ihre Gebrauchsanweisung wechselt regelmäßig die Sprache, und immer ist es eine, die keiner versteht.

Oh, Billie.

Ein falsches Wort, und sie macht dicht. Bei der kleinsten Bemerkung geht sie an die Decke, stürmt rasend nach draußen, um sich abzureagieren, oder sie verschwindet in ihr Zimmer und schließt ab. Dann liegt sie auf den schwarzen Blumen auf ihrem Bett. Du solltest mal die Tapete sehen, die sie sich ausgesucht hat: schwarz-rosa gestreift. Wenn du reingehst, denkst du unweigerlich an eine Prinzessin im Käfig.

Oh, Billie.

Sie guckt dich jeden Tag an. Sie hat so ein Sammelalbum über dich und diesen Putzmann, in den du eine Weile verliebt warst, wie hieß der noch mal?

Ich bleibe auf halber Treppe stehen und spitze die Ohren.

Ich warte darauf, dass Billie kichert, aber so, wie Ilona eigentlich kichert. Wahrscheinlich legt sie gleich die Hand an die Stirn und schüttelt den Kopf.

»Sam, meinst du wohl«, wird sie sagen.

Aber nein.

Im Wohnzimmer bleibt es die ganze Zeit still, während ich langsam und leise nach oben schleiche. Ich höre ihnen zu, und sie hören mir zu. Ich warte auf sie, und sie warten, bis ich weg bin.

Autsch.

Alan und Jazz lärmen in der Sonne. Kleine Kläffer sind sie.

Es ist Sommer / es sind Ferien / der Nachmittag hat angefangen.

Billie King ist bei uns.

Was will ich mehr?

17

ZUERST KLIMPERT EIN Löffel in der Teetasse, dann dotzt ein Teller auf den Tisch.

Mama murmelt etwas.

Als sie in der Tür steht, zeigt sie auf mich, als hätte sie mich auf frischer Tat ertappt. Sie schaut zu mir hoch und tritt mit in die Seite gestemmten Fäusten näher.

»Hör auf damit«, sagt sie.

»Ich mach doch nichts?«

Um ein Haar hätte sie mich nachgeäfft.

Zum Glück nur um ein Haar / die Streichhölzer liegen immer griffbereit / meine Lunte ist kurz.

Wir verschränken gleichzeitig die Arme.

»Für jemand, der nichts macht«, sagt sie, »fällst du ganz schön auf. Mal bist du da, mal dort, mal weg, mal zu Hause, ein heilloses Durcheinander, das zu nichts führt. Mir gehst du auf die Nerven, und vor allem gehst du dir selber auf die Nerven.«

Ich sage, dass ich nicht weiß, wovon sie spricht. Und dass ich sie ungerecht finde. Macht Alan ihr etwa kein Kopfzerbrechen?

Meine Mutter seufzt.

»Alan ist noch klein. Du solltest vernünftiger sein.«

Sie streckt mir die Hände entgegen. Darin liegt ein Vorschlag.

»Entscheide dich, wo du sein möchtest, Süße. Drinnen oder draußen. Unten oder oben. Allein oder bei uns. Es ist mir ganz egal, wofür du dich entscheidest, solange du länger als fünf Minuten dabeibleibst. Na? Kommst du zu uns? Willst du Tee, Eistee? Die Kanne steht im Kühlschrank.«

Ich habe keinen Durst, sage ich.

Mama antwortet, dass ich auch ohne Durst zu ihnen kommen kann.

Ich nicke und sage: »Das stimmt«, und anscheinend ist das eine merkwürdige Antwort.

Mama verdreht die Augen, schnaubt. Sie tippt sich an die Stirn und sagt, dass ich sie noch in den Wahnsinn treibe.

»Warum?«

»Weil ich dachte«, dann unterbricht sie sich und schließt kurz die Augen, als wäre sie müde. Danach steigt sie zwei Stufen hoch und flüstert mit der Hand am Mund: »Weil ich dachte, dass du Fan von ihr bist.« Sie zeigt mit dem Daumen über die Schulter. »Alan hat gefragt, ob – wie heißt er noch gleich – Jazz aus seiner Klasse zum Spielen kommen darf, und als ich gehört habe, dass seine Mutter auch kurz vorbeischaut, dachte ich: Ja, das wird Bianca bestimmt toll finden.«

»Finde ich auch«, sage ich.

»Ja und?«, sagt Mama. »Worauf wartest du?«

»Ich dachte, du willst mich nicht dabeihaben.«

»Dann hast du falsch gedacht. Und es ist nicht das erste Mal.«

In meiner Gebrauchsanweisung steht, dass ich mich manchmal riesig freue, auch wenn man es mir nicht ansieht.

Wenn ich zum Beispiel langsam, Schritt für Schritt und ein bisschen polternd die Treppe runtergehe, ist es gut möglich, dass ich tief im Inneren eigentlich sehr glücklich bin.

Mama sieht mich kopfschüttelnd an.

Als sie gerade den Mund aufmacht, um etwas zu sagen, klingelt es an der Tür.

Wir sehen uns an.

An ihren Augen sehe ich, dass sie an Papa und Cruz denkt, und sie sieht an meinen, dass ich nicht will, dass sie das sind.

Sie sind es auch nicht.

18

VOR DER TÜR steht die Nachbarin, die nie lange in der Sonne liegt. Sie hat orangene Joggingklamotten an. Mit weißen Farbklecksern. Ihre Haare trägt sie wie immer zum Pferdeschwanz gebunden.

Sie hält die Hände in die Luft und sagt, sie will nicht lange stören. Sie kommt nur, um zu erzählen, dass sie drei Stühle auf die Straße gestellt hat, vor ihr Haus und vor unseres, um die Parkplätze freizuhalten.

»Mein Bruder kommt gleich«, sagt sie. »Mit seinem Pick-up. Er ist Amerikaner. Er nimmt viel Platz ein und viel Licht weg. Er will mir beim Bruch helfen.«

Mama lächelt nervös. Sie war vorher schon verwirrt, und jetzt ist die Nachbarin auch noch undeutlich. Der Bruder ist Amerikaner, und er nimmt viel Platz ein und viel Licht weg.

»Beim Bruch?«, fragt sie.

»Abbruch«, sagt die Nachbarin. »Schwere Arbeit, es sollte längst fertig sein. Wir geben uns Mühe, nicht zu viel Krach zu machen, vielleicht wird es aber trotzdem ein paar Stunden laut, Entschuldigung schon mal für die Lärmbelästigung.«

»Schon gut«, sagt Mama und wedelt ein bisschen mit der Hand in der Luft. »Seit meiner neuen Küche kenne ich mich aus mit, äh«, eigentlich will sie »einem Umbau« sagen, verspricht sich aber, »einem Umbruch.«

Sie ist die Einzige, die lacht.

Es ist ein guter Zeitpunkt, das Gespräch zu beenden.

Mamas Kopf fällt fast ab vor lauter Nicken. »Na los, ans Werk. Viel Erfolg!«

»Danke«, sagt die Nachbarin.

Zusammen mit der Tür, die zufällt, wird Mamas breites Lächeln immer schmaler und schmaler und schmaler, bis nichts mehr davon übrig ist.

19

MAMA SETZT SICH und hebt den Teller mit den Kuchenstücken hoch.

»Der darf ruhig alle werden.«

»Gut zu wissen«, sagt Billie.

Ich trete einen Schritt näher. Ich bin ein anderes, netteres Mädchen als vorhin.

Geduldig warte ich, bis Mama und Billie den Mund wieder leer haben.

Mama hat recht. Warum sollte ich mich oben in meinem Zimmer aufs Bett legen oder draußen auf dem Rasen schwimmen, wenn ich drinnen mit Billie King reden kann?

»Ich würde gern wissen, wie es diesen Herbst bei Ihnen weitergeht«, sage ich.

»Das möchtest du wissen?«, fragt Billie. »Da drehe ich einen Film.«

Wie freundlich sie ist, wenn sie nicht in der Kneipe steht.

»Ja, ich weiß. Aber ich meine: Was passiert noch?«

Billie zwinkert kurz und versucht zu lächeln. Sie stellt die Teetasse weg und verschränkt die Hände.

»Im Herbst ist eine Menge los«, sagt sie. »Aber danach habe ich alle Zeit der Welt. Ich sterbe nämlich im Dezember, weißt du?«

Ich nicke, lasse den Kopf hängen.

»Schaust du jeden Tag *Hier bei uns*?«, fragt Billie.

»Ja. Manchmal auch die Wiederholungen.«

»So was.«

Billie fragt, wie ich heiße, und ich weiß nicht, was da in mich fährt, aber ich tue es trotzdem: Ich gebe mir einen anderen Namen, Billie heißt ja auch nicht immer Billie, oder? Und Jazz wahrscheinlich nicht wirklich Jazz.

20

»SCHÖN«, SAGT BILLIE, als sie den Namen hört, den ich mir gegeben habe. Sie zwinkert mir zu und tut etwas Zucker in ihren Tee.

»Perdón ist ein sehr schöner Name.«

»Danke«, sage ich.

Der Blick meiner Mutter trifft mich wie ein Blitz.

Takataa.

»Perdón ist ein uralter Name, der fast nicht mehr vorkommt«, sage ich. »Heute heißen alle Sorry.«

Meiner Mutter läuft ein bisschen Tee aus dem Mund. Sie hebt die Serviette auf, die auf den Boden gefallen ist, und sagt: »Richtig.«

Dann tupft sie sich das Kinn ab.

»Richtig. Danke, Bianca.«

Billie lächelt ein kleines bisschen.

Ich lächle gar nicht.

Meinen richtigen Namen hätte meine Mutter echt nicht zu verraten brauchen.

Ich stecke die Hände in die Hosentaschen und frage schnell: »Aber wie?«

»Was, wie?«, fragt Billie.

»Wie Sie sterben«, sage ich. Weil das Wort sterben so in der Luft hängen bleibt, füge ich hinzu: »Im Dezember.«

»Das kann ich dir nicht verraten. Das heißt: Ich kann schon, aber ich darf nicht.«

»Das muss schrecklich sein.«

»Was denn?«

»Zum Schweigen verpflichtet zu werden.«

Billie stößt erst Luft durch die Nase aus und zuckt dann mit den Schultern.

»Wenn ich den Mund nicht halte, muss ich zahlen.«

»Werden Sie bestraft?«

»Ganz so einfach ist es nicht, aber ich bekomme eine Abmahnung, ja. Es kann mich was kosten. Bis zum Tag nach meinem Tod muss ich aufpassen, dass ich mich nicht verplappere. Nach Dezember darf ich dann wieder alles sagen, was ich will.«

Ich rechne aus, wie viele Monate Billie noch dichthalten muss.

»Ich finde es sehr schade, dass Sie sterben.«

»Lieb von dir, dass du das sagst.«

»Nichts wird mehr sein, wie es war«, sage ich. »Aber ich kann mir schon denken, dass Sie sich nach dem Dezember sehnen. Dann können Sie wieder ungehindert sagen, was Sie sagen wollen, und tun, was Sie tun wollen.«

Billie kneift ein Auge leicht zu. Sie überlegt, woher ihr die Sätze bekannt vorkommen, die ich gerade gesagt habe.

Ich könnte es ihr verraten.

Sie hat es selbst in dem Interview gesagt, das ich letzten Mittwoch aus der Zeitschrift ausgeschnitten habe.

»Nichts wird mehr sein, wie es war«, hieß die Überschrift des Artikels.

Und mir hatte es gut gefallen, was sie in dem Gespräch wichtig fand. Dass man sagen können muss, was man sagen will, und tun können, was man tun will.

In Zeitschriften klingt Billie immer anders als bei *Hier bei uns*.

Beim Bierzapfen spricht sie in kurzen Sätzen mit kurzen Wörtern, die sie außerdem falsch verwendet, sodass es oft zu Missverständnissen kommt.

Zum Beispiel zofft sie sich regelmäßig mit Dagmar Vos vom Obdachlosenzentrum. Im Gegensatz zu ihr ist Dagmar Vos eine, die viele schwierige Wörter benutzt, und dazu immer in der richtigen Reihenfolge und in richtigen Sätzen. Und was sie dann sagt, ist meistens auch noch klug.

Ilona Alders und Dagmar Vos können einander nicht riechen und nicht ausstehen.

Aus einem Gespräch über schwarze Frauen ist schon mal eine Diskussion geworden, und darauf kam es zu einem Streit über die Theke hinweg, und am Ende der Folge wurden sie sogar handgreiflich. Unglaublich. Von der Szene gibt es GIFs.

Dagmar Vos trägt eine Lederjacke und fährt ein Motorrad mit Beiwagen. Sie macht Taekwondo. So eine ist das.

21

BILLIE SIEHT MICH lange an.

Ich denke: Wenn sie das noch länger macht, sage ich gleich noch irgendwelchen Blödsinn.

Davor habe ich Angst: dass auf einmal kein Schloss mehr vor meinem Mund hängt und ich was Schreckliches laut ausspreche. Über meine Mutter oder über Alan oder meinen Vater und dass ich versuchen will, nicht mehr so einen Hass auf seine Cruz zu haben.

Dass ich auf einmal sage: »So ist das nämlich«, und mir dann eine Lüge über die Lippen kommt, an die ich glatt selber glaube.

Ich nicke und lege mir die Hand an die Kehle.

»Ich finde es wirklich schlimm, dass Sie sterben müssen.«

»Zum Glück sterbe ich ja nicht wirklich, äh – Perdón.«

»Aber trotzdem«, sage ich und lege die Hände auf die Brust.

Billie lächelt erst mir und dann meiner Mutter zu.

»Wo hast du dieses Mädchen aufgetrieben?«, sagt sie. »Endlich mal ein Kind, das mich siezt.«

22

VON MANCHEN LEUTEN hat man schnell genug, weil sie jeden Tag gleich sind. Wenn es sie nicht gäbe, würde man sie nicht vermissen.

Sie stehen auf und gehen schlafen.

Sie öffnen die Vorhänge und sehen, dass es regnet. Dann kann man sich sicher sein, dass sie sagen: »Es regnet.« Oder, ganz vielleicht: »Was für ein Wetter.«

Sie haben keine Geheimnisse. Auch keine Hobbys, die man noch nicht kannte.

Von Ilona hat man nicht so schnell genug. Von Sam und Angie Beck genauso wenig – auch ihretwegen schaue ich *Hier bei uns*.

Bei Ilona weiß man nie genau, was sie denkt oder fühlt.

In einem Comic wären ihre Augenbrauen zwei Bögen, so erschrockene Bögen. Ob Ilona nun lacht oder ob sie ernst blickt, immer ist da dieses Staunen. Um Himmels willen, was hat *das* zu bedeuten?

Ich sage meiner Mutter, dass ich vielleicht doch einen Eistee möchte.

»Du weißt, wo die Gläser sind«, sagt Mama. »Schau auch gleich mal, was die Jungs treiben. Schwimmen sie schon?«

»Hört sich nicht so an.«

Billie legt den Finger ans Ohr. »Sie spielen Tischtennis.«

Es klingt ganz so, als könnte Jazz nicht gut spielen. Oder die beiden da draußen sind nicht sehr motiviert.

»Mehr Tisch als Tennis«, sage ich.

Darüber muss Billie laut lachen. Vorsichtshalber stellt sie ihre Tasse ab.

Das ist ein guter Zeitpunkt zu gehen, finde ich.

Bei *Hier bei uns* machen sie das Gehen auch immer zu einem guten Zeitpunkt. Dann dreht sich Ilona hinter der Theke um und kriegt einen Umschlag zugesteckt, oder jemand kommt unerwartet zu Besuch, oder sie muss auf einmal ganz komisch husten, wie vor Kurzem im Juni, in der letzten Folge dieser Saison.

23

IN DER KÜCHE werde ich vom Krach draußen platt gewalzt wie von einem Bagger. Als käme die ganze Welt gleichzeitig bei uns rein. Irgendwo in der Nähe dröhnt eine Maschine.

Jazz steht in Unterhose vor der offenen Kühlschranktür.

Ich stemme die Hände in die Seite und sage: »Aha?«

Er lehnt sich zurück und hebt die Kanne voller Eistee mit beiden Händen an den Mund. Sein Bauch hebt und senkt sich.

Wenn er mein Bruder wäre, würde ich meiner Mutter über die Schulter zurufen: »Alan steht hier in der Küche und trinkt aus der Kanne!«

Aber jetzt sage ich nichts. Ich will sehen, ob er es schafft, sie auszutrinken.

Es sieht so aus, als könnte er nicht nur den Eistee, sondern auch die Eiswürfel und die Zitrone und die ganze Glaskanne verschlingen.

Er keucht. Wenn er nicht aufpasst, überlebt er seinen Durst nicht.

Sobald er den letzten Rest runtergeschluckt hat, stellt er die Kanne mit einem Knall auf die Küchenzeile.

Er rülpst lange und laut und guckt dabei stolz.

»Jazz!«, ruft Billie in ihrem Sessel. »Wo sind deine Manieren, hab ich gesagt!«

»Sorryma!«, ruft er zurück.

»Deine Mutter hat recht«, sage ich und nehme mein leeres

Glas, das noch dasteht, und halte es hoch. »Du bist nicht der Einzige hier, der Durst hat.«

Jazz legt die Hand auf die Brust, weil noch ein stiller Rülpser folgt. Dann lässt er die Luft raus.

»Schade«, sagt er und schiebt mit der Pobacke die Kühlschranktür zu. »Die Kanne ist leer, aber dreh mal den Hahn auf, da kommt Wasser raus.«

Er grinst und hebt beide Daumen hoch.

Dem ist aber auch nichts peinlich.

In seiner Sponge-Bob-Unterhose geht er um die Kochinsel. Der Boden ist glatt, und seine Füße sind nass, er muss aufpassen, dass er die Kurve kriegt.

Er schaut über die Schulter zum Topf mit den warmen Sauerkirschen. Über dem Topf schwirrt ein Schwarm kleiner Fliegen. Sie ziehen Kreise, tun so, als ob sie sich fallen lassen, schießen wieder in die Luft und machen abrupt kehrt, fliegen wieder dahin zurück, wo sie herkamen, oder nein, doch nicht.

»Hey«, sage ich.

Er hört nicht, streicht sich das blonde Haar aus der Stirn.

Draußen wirft sich Alan mit einem Brüller auf den Rand des Planschbeckens. Die ganze Nachbarschaft hört sein Boot versinken.

Was für eine Katastrophe, eine schreckliche Katastrophe! Ächzend ruft er »Mayday, Mayday« und noch ein paar englische Wörter, die er aus Filmen kennt.

»Hey«, wiederhole ich.

Jazz bleibt stehen und sieht mich an. »Ja?« Er zieht die Augenbrauen weit hoch.

Ich glaube nicht, dass er jemals lächerlich aussieht, egal, was für Grimassen er schneidet.

»Was hast du vor?«, frage ich.

»Rausgehen. Alan retten.«

Er zeigt auf die Wolke von kleinen Fliegen.

»Da muss ein Deckel drauf.«

»Ja«, sage ich, schließe die Augen und öffne den Mund, aber mir fällt keine gute Antwort ein.

24

JAZZ REISST EINE Faust in die Luft und wird grün oder blau. Auf seiner Brust steht das S von Superheld, auf seinem Rücken / keine Ahnung / *Pow!*.

Er nimmt Anlauf, stößt sich die Zehe, rennt weiter. Er hechtet ins Gras, als hätten wir einen richtigen Pool, und legt einen mörderischen Bauchplatscher hin.

Jungs glauben echt, dass sie alles können.

»Autsch«, sage ich laut.

Sobald Jazz merkt, dass man übers nasse Gras glitscht wie ein Stück Seife auf dem Boden im Badezimmer, lässt er einen Brüller ab.

»Wuhaha.«

Ich muss auch lachen.

Eben war mein Bruder kurz davor zu ertrinken, aber auf einmal kann er wieder super schwimmen.

Das wundert mich nicht.

Wenn jemand zum Spielen kommt, ist es früher oder später Zeit für einen Wettkampf. Der Wettkampf macht Mama immer ganz nervös, aber Alan ist nicht zu bremsen.

Es läuft immer auf dieselbe Weise: Alan gibt den Anpfiff und drängt kurz darauf seinen Freund in Richtung Gebüsch am Ende des Gartens.

Er schwimmt schlampig Brust, rudert wild mit den Armen und tritt mit den Beinen. Er kann es nicht ertragen, wenn jemand neben ihm schwimmt.

Es ist mir ein Rätsel, warum nie einer zurücktritt.

Da schwimmen sie also zu zweit nebeneinander. Sie zappeln auf dem abgesoffenen Rasen rum und nennen es Schwimmen, und jedes Mal endet das Ganze im Modder beim Gebüsch und unter den Tannen, und jedes Mal ist mein Bruder Erster.

Er weiß, dass er in einem richtigen Schwimmbad nie gewinnen würde.

Natürlich wird das Wettschwimmen live übertragen, und natürlich ist Alan der Kommentator. Dann spricht er schnell, mit verzerrter Stimme, wie ein Sportreporter in seiner Vorstellung klingt.

So hört sich das an:

»Die Ziellinie ist in Sicht«, ruft er. »Fast steht der Sieger fest, meine Damen und Herren. Und was für ein Sieger! Was für ein Sieg!«

»Was für ein Weltmeister!«, johlt Jazz.

Das findet mein Bruder garantiert toll, dass Jazz so gut mitmacht.

Ich fände es auch klasse, wenn jemand laut ruft, was ich gerade hören möchte.

Bianca ist sagenhaft.

Bianca ist toll.

Ich verschränke erst die Arme und lege danach die linke Hand an die Wange. Boah, ist mein Kopf schwer.

Ich schaue mich um wie Ilona in der Kneipe, wenn sie nicht ganz dazugehört. Dann guckt sie immer ein bisschen erschrocken, als ob sie sich fragt: Was habe ich hier verloren?

Ich schaue vom Garten zu meinen nackten Füßen in den Flipflops und frage mich: Was habe ich hier verloren?

25

ALAN UND JAZZ liegen unter den Tannen. Sie kugeln herum wie die Wilden, sie sind glänzende, gescheckte Tiere.

Alans Badehose hängt ihm fast in den Kniekehlen – es gibt kein Gummi, das nicht über seinen klapperdürren Hintern rutscht.

Jazz' Unterhose hat sich fast komplett um ihn rumgewickelt.

Wie die beiden zusammen kichern. Wenn man nicht hinschaut, könnte man sie glatt für Mädchen halten.

Mein Mund ist offen, meine Kehle trocken.

Plötzlich stehen meine Mutter und Billie in unserer weißen Küche, ich erschrecke mich zu Tode.

»Woher kommt der Lärm?«, fragt Billie mit einer merkwürdigen Betonung auf »kommt«.

Ich will antworten, doch mein Zeigefinger bleibt in der Luft stehen, und ich bleibe stumm, weil Mama gerade spricht.

Sie erzählt von ihrer Kochinsel. Sechs Kochtöpfe gleichzeitig auf dem Herd, ein Träumchen, sagt sie. Ob sie wohl irgendwann fünf andere Töpfe um den mit den Sauerkirschen stellt?

Ihre Stimme schießt in die Höhe.

Ich presse die Lippen zusammen.

Wenn Mama Kochutensilien verkaufen würde, bekäme sie wahrscheinlich mehr Geld als für die Arbeit, die sie jetzt macht: Menschen, die keine Arbeit haben, zu Arbeit verhelfen.

»Ich schwöre auf mein Gas«, sagt sie. Es fällt ihr nicht auf, wie merkwürdig das klingt.

Dass die neue Küche viel zu teuer war, erzählt sie nicht. Wir haben jetzt also eine komplette Küche, müssen aber jeden Monat noch einen Teil abbezahlen, und dabei wissen wir nicht, wie viel Alan uns noch kosten wird.

Sie erzählt auch nicht, dass sie schlecht schläft. Oder dass sie sich nachts im Bett rumwälzt wegen Alan, wegen mir, wegen allem.

Und natürlich sagt sie nicht, dass die Küche rausgeworfenes Geld ist, denn das ist meine Meinung.

Das letzte Mal, als wir zu mehr Menschen als nur zu dritt am Tisch gesessen haben, ist hundert Jahre her / haha / und Papa war gerade weggegangen, und seither machen wir uns meistens was in der Mikrowelle warm.

Ping.

»Da muss ein Deckel drauf«, sage ich.

Meine Mutter sticht mit dem Finger in die Wolke von Obstfliegen und klebt sich ein breites Lächeln ins Gesicht.

Sie hat einen Schalter, mit dem sie ihr Lächeln an- und ausknipsen kann.

»Dieses Machogehabe immerzu«, sagt sie.

Billie kreuzt die Arme vor der Brust und tritt in die Sonne.

»Was meinst du damit?«, fragt sie meine Mutter.

Witzig, dass Billie lächelt, während Mama und ich uns ansehen und nicht die Bohne lächeln. Nicht der kleinste Muskel in unserem Gesicht fragt: Sollten wir vielleicht mal lächeln?

26

MAMA SCHIEBT DIE Tür ein Stück weiter auf und tritt neben uns. Es wird eng zwischen der Tischtennisplatte und dem Liegestuhl.

»Die beiden«, sagt sie und deutet mit dem Kinn auf Alans und Jazz' Getue.

Sie spielen in einem Monsterfilm mit.

Mir doch egal, wer das Untier ist und wer gefressen wird.

»Immer mit der Ruhe, Alan«, sagt meine Mutter. »Hörst du mich?«

Dann schnalzt sie mit der Zunge und spricht leiser.

»Aber es liegt ja in der Familie«, sagt sie zu Billie. »Als ich neun war, habe ich auch solche Spiele gespielt. Ein halber Junge war ich.«

Billie nickt und lächelt. Dann fragt sie meine Mutter: »Wie lange ist es her, dass wir neun waren?«

»Letztes Jahr«, sagt meine Mutter. »Oder war es schon vorletztes?«

Ich brauche die Augen nicht zu schließen, schon sind Mama und Billie, beide neun Jahre alt, bei mir. Sie stehen neben mir auf der Terrasse, im Mädchen-Badeanzug.

Eine witzige Vorstellung.

Vielleicht wäre es besser, wenn ich mich wieder auf meinen Stuhl setze / mich unter einen Stein verkrieche / in meinem Zimmer die Fotos in der Schachtel meiner Mutter anschaue / aufhöre zu atmen. Und vor allem: den Mund halte.

Billie beugt sich zu mir. Sie stupst mich mit dem Ellbogen an und fragt, ob ich denn keine Lust habe zu schwimmen.

»Ich bin früher viel geschwommen«, sagt sie. »Zusammen mit einem anderen Mädchen. Synchron. Kennst du das, Synchronschwimmen? Wenn man zu zweit genau dieselben Bewegungen macht. Wie eineiige Zwillinge waren wir. Wie Blumen, die sich öffnen. Wir fanden, dass Delfine am allerschönsten schwimmen. Und danach Meerjungfrauen.«

»Und dann ihr?«

»Genau«, sagt Billie. »Richtige Wasserratten waren wir.«

»Oh«, sage ich.

In meinem Kopf hat sich unser Rasenstück in ein großes blaues Schwimmbecken verwandelt. Es ist tief und breit und hat Palmen drum herum. Zwei Mädchen schwimmen im Wasser. Beide tragen eine leuchtend blaue Badekappe mit einem Band unterm Kinn. Auf ihrer Nase ist eine Klammer.

»Schau mal, jetzt geht es los«, hätte ich fast laut gesagt, als Billie und ihre Freundin gleichzeitig mit dem Kopf unter Wasser tauchen.

Genau im selben Moment strecken sie die Beine wieder hoch.

Ihre zwei Paar Füße sehen aus wie Fischschwänze. Langsam lassen sie sich unter Wasser sinken, dann sind sie ganz verschwunden.

Sekundenlang bleibt die Wasseroberfläche spiegelglatt, und genau dann, wenn man sich fragt, wo die Mädchen abgeblieben sind, tauchen sie mitten im Spiegel wieder auf.

Sie öffnen sich wie Blumen, und bei dem Anblick kommen einem fast die Tränen, so was Schönes hat man noch nie gesehen. Etwas, was so perfekt abgestimmt ist und so zusammengehört.

27

MAMA LEGT DEN Finger an den Mund, wir sollen still sein. Sie hat was Witziges vor, das sieht man. Sie versucht, nicht zu lachen.

Billie und ich sollen auch versuchen, nicht zu lachen.

Sie ist eine Katze oder irgendein anderes Tier, das sich anschleicht, schwer zu sagen. Sie krempelt die Ärmel ihrer Bluse hoch und schiebt sich langsam voran.

Dann schnappt sie sich den Gartenschlauch, zieht die Brause zu sich her und sagt: »Na, ihr kleinen Schweinchen.«

Die Jungs knurren. Sie hören nur sich.

Unter Mamas Füßen quatscht der Rasen.

Mit einem fetten Augenzwinkern sieht sie sich um und flüstert Billie und mir zu, dass sie / haha / diese kleinen Schweinchen mal ordentlich waschen will.

Autsch, denke ich noch.

Aber schon dreht Mama die Brause auf.

Zum Kichern kommen wir gar nicht erst.

Ich hätte ihr sagen können, dass das Teil kaputt ist. Dass es in alle Richtungen spritzt und überall leckt.

Ich hätte ihr sagen können, dass Alan genau deshalb so gern Tsunami damit spielt. Bei diesem Teil kann man das Ausmaß der Katastrophe nie vorhersehen.

Mama lässt die Brause fallen, als wäre sie abgestochen worden, und wieder kriegt sie die volle Ladung ab, so ein Schlauch hat ein Eigenleben.

Alan und Jazz johlen vor Begeisterung. Wie auf Absprache fassen sie mit vier Händen gleichzeitig nach dem Schlauch.

In dem Moment greift Billie ein.

Wir bekommen alle einen Schreck, weil sie so laut faucht.

Ein echtes Fauchen, unglaublich, dass ein Mensch so laut fauchen kann.

Meiner Meinung nach ist sie schon länger wütend auf Jazz. Da hatte sich eine Menge Fauchen angesammelt.

Die paar Sekunden Verwirrung nutzt Mama. Sie zieht den Brausekopf eilig heran und dreht ihn zu.

Sie mault auch rum.

»Schluss damit, Alan, Schluss.«

Falls das streng sein soll, darf sie noch kräftig üben. Verglichen mit Billies Ton Jazz gegenüber klingt es, als würde sie Alan über den Kopf streichen. Sie könnte ihn genauso gut Bärchen / Mausi / Schnucki nennen.

Ich habe mich ja ganz schön blamiert, Bärchen / Mausi / Schnucki. Alles okay, ich bin selbst schuld, Bärchen / Mausi / Schnucki.

Jazz geht einen Schritt zurück und will sich im Schatten verkriechen. Das klappt nicht. Unser Garten ist zu klein.

Er schaut von Billie zu meiner Mutter zu mir. Dann schaut er mit großen Augen zu Alan, der bäuchlings auf dem Boden liegt und keinen Mucks mehr von sich gibt.

»Hey«, sagt er.

Er rüttelt an Alans Fuß.

Das darf nicht wahr sein, denke ich erst.

Und dann: Ist es wieder so weit?

Gleich, wenn wir Alan auf den Rücken drehen, sehen wir sein blasses Gesicht.

»Alan?«, sagen Billie und Jazz und ich gleichzeitig.

Es ist, als ob Mama aufwacht, weil wir den Namen meines Bruders so ernst aussprechen.

Sie sieht sich zu Alan um und zögert keine Sekunde.

Patsch, macht ihre Hand auf seiner Wade.

»Auf!«, schnappt sie etwa gleichzeitig, als würde sie in die Luft beißen.

Alans ganzer Körper bebt. Zuerst ein bisschen, dann immer mehr.

Als Einziger von uns amüsiert er sich königlich. Seine Schultern zucken vor Lachen.

»Steh auf«, befiehlt meine Mutter.

Mit einem zweiten Patscher, auf seinen Hintern diesmal, setzt sie seinem Kichern ein Ende. Jetzt hat sie etwas kräftiger zugeschlagen.

Alan weiß, dass es nicht witzig ist, wenn er tut, als wäre er ohnmächtig. Und das wird es auch nie werden.

Anstelle meiner Mutter hätte ich noch fester zugeschlagen.

Soll sein Hintern doch ruhig ein paar Tage grün und blau sein.

»Ich habe …«, bringt er noch raus, aber mehr hat er nicht zu melden.

Meine Mutter nimmt den Stoff ihrer Bluse zwischen Daumen und Zeigefinger und dreht sich zu mir um.

»Siehst du nicht, dass wir Handtücher brauchen, Bianca?«

Ich hebe die Arme, wie die Nachbarin vorhin.

»Perdón«, sage ich. »Perdón.«

28

IM FERNSEHEN PASSIERT vieles unerwartet, weil das die Leute zu Hause mögen.

Da geht zum Beispiel ein Mann auf einen Tisch zu.

Auf dem Tisch lehnt dann eine Karte an der Blumenvase, obwohl er gar keine Post erwartet hat. Oder eine Frau sieht erstaunt auf, weil jemand anruft. Danach staunt sie noch einmal, *wer* angerufen hat.

Ich denke an Angie, die sich fast nie in der Kneipe blicken lässt, weil sie zusammen mit Sam eine eigene Reinigung aufgemacht hat und es immer was zu tun gibt.

Einmal ist sie zum Vogelkäfig gegangen, weil sie mit ihrem Wellensittich sprechen wollte, und hat dann gemerkt, dass sie vergessen hatte, die Käfigtür zu schließen.

Der Wellensittich antwortete vom Schrank herab.

Das war witzig.

Im Fernsehen passiert vieles unerwartet, weil die Zuschauer das witzig finden.

In Wirklichkeit, bei uns zum Beispiel, ist das nicht so.

Es ist so, als wüsste ich morgens schon: Heute passiert was.

Und dann passiert es wirklich, und ich sage im Nachhinein: »Wusste ich es doch, wusste ich es doch.«

29

ALLE VÖGEL IM weiten Umkreis drehen uns den Rücken zu und zwitschern in die Gegenrichtung. Ich habe das Gefühl, in den anderen Gärten ist mehr Sonne als in unserem.

Mama kneift sich maulend in die Arme und Beine. Sie würde es einfach nicht schaffen, sich auszuwringen, sagt sie.

Ein paar Gärten weiter singen ein paar Kinder.

»Traust du dich von der Rutsche, der Rutsche? Sollen wir zusammen rutschen, ja rutschen?«

Es ist der Hit des Sommers.

Ich nehme das Lied mit nach oben. Ich kann nicht den ganzen Text auswendig, aber immerhin den Refrain. Man kann ihn ununterbrochen singen.

Im Badezimmer steht das Fenster sperrangelweit auf.

Kaum hat mich meine Mutter von unten gesehen, sagt sie: »Du machst dich wohl über mich lustig.«

Ich lehne mich kurz raus und zeige ihr die Handtücher.

»Gar nicht, Mama, ich hole Handtücher.«

Danach trinke ich gierig aus dem Hahn.

»Bianca!«, ruft meine Mutter.

»Komm ja schon!«

Bevor ich wieder runtergehe, werfe ich rasch einen Blick in mein Zimmer.

Die Schachtel mit Mamas Leben schiebe ich unters Bett.

Die Papierschnipsel auf dem Boden hebe ich auf. Mir fällt nicht sofort ein, wo ich sie lassen könnte. Schlussendlich verfrachte ich einfach alles unters Bett und sorge dafür, dass der Überwurf bis zum Boden runterhängt.

Man kann nicht sehen, dass ich Fotos zerschnitten habe.

Nein.

Wenn man in mein Zimmer kommt, denkt man, ich hätte in meinem Prinzessinnenkäfig unordentlich gebastelt.

Ich gehe die Treppe runter.

»Traust du dich von der Rutsche, der Rutsche? Sollen wir zusammen rutschen, ja rutschen?«

Unterwegs merke ich, dass ich nur zwei Handtücher genommen habe. Dabei brauchen sie drei, ich weiß nicht, wen ich vergessen habe.

30

BEI »HIER BEI UNS« lässt Ilona sich auch nicht alles bieten, aber hier bei uns ist Billie ganz anders. Knallhart fast.

Sie braucht gar nicht laut zu werden, die einzelnen Silben übernehmen das für sie.

Hack, hack.

Von Jazz bleibt nicht viel übrig.

»Sieh. Dich. An«, höre ich sie auf der Terrasse sagen.

Das wiederholt sie ein paarmal, und mit jedem Mal sieht Jazz noch schlimmer aus.

»Bildest du dir etwa ein, wir nehmen dich mit, so eingesaut, wie du jetzt bist?«

»Er kann sich eine Unterhose von mir leihen«, sagt Alan.

»Kommt nicht infrage.«

»Aber, Ma«, sagt Jazz.

»Aber, Jazz«, sagt Billie.

So eine Antwort hört man nicht gern. Solche Antworten kenne ich.

Da fällt dir nichts mehr ein.

Schlagartig hast du keinen Hunger mehr. Du schiebst den Teller weg und stehst auf.

Klopfst auf die Hosentasche, ob du den Schlüssel dabeihast.

Ja.

31

MAMA IST RASEND. Ihre Schultern sind ganz krumm vor Wut.

Sie zieht mir ein Handtuch unter dem Arm weg, drückt es erst an den Mund und dann an die Brust.

»Warum hast du so lange gebraucht?«, fragt sie.

Sie grummelt noch ein bisschen vor sich hin, lässt mich dann in einer Menge aufgewirbelter Luft stehen.

Von der Treppe aus ruft sie, ich soll Billie fragen, ob sie noch was trinken will.

Den Jungs ruft sie zu, sie sollten am besten tun, als wären sie gar nicht da.

»Arme hoch und nichts anfassen!«

Sie mag ja tun, als hätte sie das Sagen, aber es bringt nichts.

Ich höre nicht auf sie und die Jungs genauso wenig.

Sie können sich gar nicht mehr einkriegen.

Sie kämpfen um das eine übrig gebliebene Handtuch. Statt aufzupassen, fassen sie überall alles Mögliche an. Noch nie waren sie so sehr da wie jetzt, von ihrem Ohrläppchen bis zum kleinen Finger bis zu ihrem Zipfel bis zur kleinen Zehe.

Johlend rennt Alan hinter Jazz her ins obere Stockwerk.

Und ich stehe mitten in der Küche, und ganz kurz fühlt es sich an, als wäre ein Loch in diesem Tag.

Ich höre Geschimpfe im Bad, das Poltern und das Kichern verschwinden in Alans Zimmer, und ich denke genau das, was Ilona oft sagt. Was hat *das* zu bedeuten?

Meine Füße stehen nebeneinander auf einer weißen Fliese.

Da stehen sie, glaube ich, schon eine halbe Ewigkeit.

Zum ersten Mal sehe ich, dass sie dastehen und auf etwas warten, was einfach nicht kommt.

Ich lege mir die Hände an den Kloß in meiner Kehle und schließe die Augen.

Hoffentlich ist Billie nicht sauer.

Die ist natürlich Ordnung gewöhnt.

Wenn sie nur nicht gleich wütend weggeht.

Wenn sie nur nicht sagt, dass eine Stunde mehr als genug war und sie jetzt sicher ist. Sie hätte es kapiert: Wir sind ein Haufen Chaoten / bei uns sieht es aus wie im Saustall / hier hält sie es keine Sekunde länger aus.

32

MANCHMAL HABE ICH einen kleinen Kloß in der Kehle.

Manchmal gar keinen.

Ganz selten mal einen riesigen.

Jetzt ist ganz selten.

33

»ALLES IN ORDNUNG?«

Als ich die Augen öffne, fällt viel Licht rein.

Am Rand der offenen Schiebetür steht Billie. Neben ihr flattert der Vorhang hin und her.

»Alles in Ordnung?«, wiederholt sie.

»Ja«, sage ich.

»Bei mir auch«, sagt sie lächelnd. »Und nein, ich möchte keinen Tee oder Eistee. Ich habe keinen Durst. Ich bleibe auch nicht mehr lange.«

Ich sehe sie an und frage sie, ob sie vielleicht wütend ist, doch sie schüttelt nur den Kopf und schaut auf ihr Handy.

»Wütend?«, fragt sie. »Warum? Worüber? Natürlich nicht.«

Das Loch im Tag ist gestopft.

Ich kann wieder alles hören. Den lauten Lärm und den leisen.

Billie verschickt eine Nachricht. Tzuff macht es.

Die Antwort macht Pling, und sie macht Billie glücklich.

»Yes«, flüstert sie.

Ich schaue auf meine Füße.

Sie stehen immer noch auf der einen Fliese, aber sie stehen weniger wartend da als vorhin.

Ich merke, dass ich irgendetwas tun muss.

Pscht, macht eine Coladose bei den Nachbarn.

Weit weg schreit ein Kind: »Eckstein, Eckstein, alles muss versteckt sein!«

Irgendwo zerreißt jemand Papier.
Oben ruft Mama Alan und Jazz zu, sie sollen jetzt duschen.
»Aber ein bisschen plötzlich!«
Ich gehe von der Fliese runter.
Und mache mich ans Würmersammeln.

34

UNTER MAMAS LIEGESTUHL ist eine blaue Schale. Da waren mal Erdbeeren drin. Ich benutze sie, um tote Regenwürmer und so einzusammeln, wenn Alan wieder mal den Garten unter Wasser gesetzt hat.

Meistens finde ich dicke große Regenwürmer.

Einen nach dem anderen fische ich aus dem Gras.

Man sieht deutlich, dass sie sich tot gesoffen haben. Sie sind ganz aufgeschwollen und glasig.

Zum Schluss finde ich einen roten Wurm, er ist winzig klein.

Ich lege ihn oben auf die Regenwürmer.

Da spricht Billie mich an. Sie sagt, ihrer Meinung nach könnte ich sehr gut schweigen.

Ich schaue zu ihr hin.

Meine Augenbrauen heben sich ganz von selbst. Ich bin nicht sicher, sie richtig verstanden zu haben.

»Ich?«, frage ich und zeige mit dem Finger auf die Brust.

Billie sieht sich um.

»Wer sonst? Ich kann gut den Mund halten, aber du kannst es am besten. Wenn es ein Schweigeturnier gäbe, würdest du gewinnen.«

Der Finger auf meiner Brust wird zu einer flachen Hand.

Ich zucke mit den Schultern.

Dann sage ich, dass ich nicht immer Lust habe zu sprechen. »Schon bevor ich den Mund aufmache, denke ich manchmal: So ein Quatsch.«

Ich sehe mir das kleine, traurige rote Lächeln des Würmchens in der Schale an.

Dann blase ich Luft durch den Mund aus, als könnte das die Regenwürmer jetzt noch retten.

Billie lehnt an der Tischtennisplatte. Sie schaut ernst.

»Versteh mich nicht falsch«, sagt sie. »Es ist völlig in Ordnung, nichts zu sagen. Es ist in Ordnung, allein zu sein und allein über Dinge nachzudenken. Es ist sogar gut, glaube ich. Man muss üben, allein zu sein, um eines Tages zu zweit allein sein zu können. Verstehst du?«

Irgendwo im Haus knallen die Jungs mit den Türen.

Durch das offene Badezimmerfenster sehe ich Mama vor dem Spiegel stehen, mit einem Handtuch um den Kopf.

Sie cremt sich das Gesicht ein und ruft: »Bin gleich wieder da, Billie!«

Billie schaut hoch.

Sie zögert, bevor sie antwortet.

»Nur keine Eile.«

Es klingt fast wie: Ich hab keine Langeweile.

Dann dreht sie sich zur Sonne um.

Ich glaube, sie hat vergessen, dass sie mir eine Frage gestellt hat. Trotzdem antworte ich, für den Fall, dass sie noch wartet.

»Ich glaube, dass ich es verstehe«, sage ich.

35

ICH DENKE AN die Folge von *Hier bei uns* vor den Sommerferien, als Ilonas Halbschwester plötzlich vor der Tür stand.

Alle bekamen einen Schock.

Als die Halbschwester zum ersten Mal in die Kneipe kam, hatte sie eine Glaskugel in der Hand.

Mit einem Goldfisch drin.

Wegen dieses Goldfischs sah die Halbschwester einsam aus. Sie legte den Kopf schief und fragte: »Kennst du mich noch, Ilona?«

Der Gedanke dahinter war, dass man sie sofort sympathisch findet, aber es hat nicht funktioniert. Die Zuschauer waren nur verwirrt.

Die Halbschwester sah aus, als ob man sie kennt, aber man konnte die Augen nicht von der Glaskugel in ihrer Hand lassen. In der Mitte war eine Plastikpalme, als ob der Goldfisch um eine unbewohnte Insel schwimmen würde.

Es war zu schräg.

»Kennst du mich noch«, sagten die Leute. »Hört mal, wie sie das sagt.«

»Kennst du mich noch?«

Ab der ersten Folge ließen die Leute kein gutes Haar an der Halbschwester.

Nicht alles, was bei *Hier bei uns* passiert, löst Begeisterungsstürme aus.

Vor zwei Jahren war es witzig gewesen und auch ganz leicht,

Herrn und Frau Riva und ihren Sohn unerträglich zu finden. Sie waren alle drei gemein zu allen anderen. Nie tat ihnen etwas leid.

Oder dieser Mann mit dem Irokesen, der eines Tages gekommen war, um eine Waschmaschine zu reparieren, und danach nie mehr wegging und der ein halbes Jahr später einfach einen ordentlichen Haarschnitt verpasst bekam.

Die drei Rivas und der Irokese, die hatten ihren Platz gefunden.

Aber die Sache mit der Halbschwester ließ sich niemand bieten.

Sie blieb ganze sechs Wochen.

In der Zeitung stand, sie würde Stress machen.

Mir war nicht ganz klar, was das heißen sollte.

Die Zuschauer schrieben Briefe, riefen beim Sender an.

Sobald sie auf dem Schirm auftauchte, hagelte es Reaktionen.

In aller Eile mussten die Drehbuchschreiber von *Hier bei uns* die Frau »wegschreiben«.

Ich konnte mir nicht vorstellen, wie so was gehen sollte, jemanden wegzuschreiben, aber so wurde es genannt.

In den ersten beiden Wochen konnte sich die Halbschwester so ziemlich alles erlauben. Ilona und sie hatten Spaß zusammen, erzählten sich alte Geschichten, und man hatte das Gefühl, sie könnten Freundinnen werden – das war in den Folgen, die schon abgedreht waren, bevor das Gemecker anfing.

Aber danach ging es rasend schnell.

Ilona und ihre Halbschwester kriegten sich wegen eines vollen Aschenbechers in die Haare. Die Halbschwester wurde auf ein Klappbett in einem Abstellraum verbannt.

Man konnte sich eigentlich nicht vorstellen, dass Ilona so herzlos sein würde, aber die Leute zu Hause waren zufrieden.

Nach einer halben Woche fing die Halbschwester an, überall ihren Senf dazuzugeben, sie kritisierte alles und jeden in der

Kneipe, und exakt sieben Tage später machte Ilona kurzen Prozess mit ihr.

Sie schob die Halbschwester zur selben Tür raus, durch die sie reingekommen war, und drückte ihr ihren Schlafsack und den Goldfisch in die Hand.

»Jetzt aber raus!«

Das Video der Szene, in der die Halbschwester mit dem Fischglas wirft, ist an einem Tag mehr als hunderttausendmal angeklickt worden. Wenn man das sieht, überläuft es einen kalt.

Ich muss oft an diesen Abschied denken. Ab und zu schaue ich mir das Video noch einmal an. Es dauert eine halbe Minute, nicht länger.

Da hat man sich endlich überwunden, seine Schwester in ihrer Kneipe zu besuchen, und dann stellt sich raus, dass die Zuschauer einen nicht haben wollen.

Das muss schrecklich sein.

Auf der Zeitschrift, die drinnen beim Fernseher liegt, druckten sie ein Foto der Halbschwester, auf ihrem Gesicht war ein rotes Kreuz.

»Sie ist keine von uns«, lautete der Titel.

Ein Pfeil zeigte auf ihren Hals, in dem stand ein Wort: Abserviert.

Das klang, als hätte man etwas völlig Wertloses über die Schulter hinter sich geworfen, und keiner hätte sich die Mühe gemacht nachzuschauen, wo es gelandet war.

So wenig war die Halbschwester also mit einem Mal wert.

Ich habe schon oft überlegt, ob man es auch anders sagen könnte.

Aufgeräumt. Abgehakt. Ausrangiert.

Es klingt alles schlimm, aber »abserviert« klingt am schlimmsten.

36

BILLIES SCHATTEN FÄLLT auf mich.

Sie hätte mich nicht verstanden, sagt sie.

»Ach, nichts«, antworte ich.

Mein Gesicht glüht. Wahrscheinlich habe ich laut ausprobiert, wie die Wörter klingen.

Wie dumm ist das denn?

Schnell hebe ich die Erdbeerschale in die Luft und sage: »Hier.«

Billie stützt die Hände auf die Knie und beugt sich vor.

»Wie viele sind es?«

Ihre Stimme ist warm, ihr Atem riecht nach Tee. Billie riecht auch warm, ein bisschen verschwitzt.

Ich gucke die Regenwürmer an und sage: »Zwanzig vielleicht.«

»Zwanzig Tote«, sagt Billie. »Und die willst du jetzt begraben?«

Regenwürmer begraben, der Witz ist so alt, dass er einen Bart hat, aber wenn sie ihn erzählt, ist er lustig, und ich muss lachen.

Ich grinse und sage: »Nein, ich verschenke sie alle zwanzig.«

»Wem denn?«

»Den Nachbarn.«

Billie runzelt die Stirn.

Mein Lächeln wird breiter als meine Schultern.

»Einmal herschauen«, sage ich.

Ich kippe die Schale im Gras aus und hebe die Regenwürmer mit beiden Händen hoch. Sie fühlen sich an wie Wackelpudding.

Wie immer fällt mir einer runter. Nein, zwei.

»Achtzehn«, sagt Billie.

»Minus eins«, sage ich, als noch einer auf dem Boden landet.

Ich halte die Hände still. Wenn ich nicht aufpasse, sind es gleich nur noch sechzehn.

Billie kräuselt die Oberlippe. Sie ekelt sich vor Regenwürmern, glaube ich.

Ich muss lachen.

Früher als ich wollte, werfe ich die Arme in die Luft.

»Jahaa!«, rufe ich.

Wir schauen einer dunklen Masse hinterher.

In der Luft lösen sich die Regenwürmer voneinander.

Über dem Zaun und den Büschen beginnt ihr Fall. Sie machen einen Bogen, landen in der Baumkrone über dem Hühnerauslauf.

Dann fallen sie durch die Blätter und platschen runter wie dicke Regentropfen.

Da weiß ich es sicher: Mein Trick hat nicht geklappt.

Es läuft nicht wie geplant.

Meistens werden die Hühner schon unruhig, wenn ich die Würmer aufsammle. Als würden sie an der Erde spüren, was los ist. Am Rauschen der Luft hören sie, dass da gleich was passiert. Zuerst gackern sie leise und danach immer lauter.

Wenn es dann Regenwürmer regnet, kreischen sie wie aus einem Schnabel. Echt der Wahnsinn.

Gokgokgaak, kreischen sie.

Kann es so ein Geräusch überhaupt geben, fragt man sich?

Und hält sich den Bauch.

Und denkt: so was habe ich ja noch nie gehört. Das ist ja witzig. Man sollte es filmen.

Dabei hört man nur ein paar Hühnern zu, die sich um ein paar Regenwürmer zanken.

Weiter nichts.

Tja.

Was ich erwartet hatte, passiert nicht.

Nichts davon.

Die Regenwürmer klatschen auf den Boden.

Nix passiert.

Kein Huhn gibt einen Mucks von sich. Kein einziges gackert.

»Normalerweise …«, sage ich zu Billie, unterbreche mich aber.

Nie, echt nie im Leben könnte ich erklären, auf was für ein witziges Geräusch ich gewartet habe.

Meine Wangen glühen.

Schweiß brennt mir im Nacken.

Um meinen Kopf müssen graue Wölkchen sein, die *puff puff* machen.

Dieses Kind wird die Welt nicht verändern, denkt man da / dieses Kind hat nichts / einfach nichts / aber auch rein gar nichts zu melden.

37

MAMAS HAARE SIND trocken, findet sie.

Sie schaltet den Fön aus.

Jetzt erst fällt auf, wie nervig das Brummen die ganze Zeit war.

Für neuen Krach gibt es nicht sofort Platz. Unsere Umgebung muss sich umgewöhnen.

Die Vögel, die in andere Gärten geflogen sind, drehen um.

Die Kinder klettern zurück in ihre Sandkästen.

Eine Frau gewinnt etwas bei einem Radioquiz. Sie sagt, sie sei ja sooo glücklich. Über ihrem Glück wird Konfetti ausgestreut. Im Radio klingt Konfetti wie ein Wirbelwind.

»Ruhig, Alan, Süßer«, ruft Mama.

Die ganze Nachbarschaft hört, wie Alan und Jazz die Treppe ins Dachgeschoss hochtrampeln. Sie reiten auf feurigen Pferden, die merkwürdig wiehern.

Mama seufzt.

Sie wird zu einer Hummel, die gegen den Badezimmerspiegel fliegt.

»Mannomann«, höre ich sie sagen.

Dann steckt sie sich die Haare mit einer Unmenge Haarnadeln fest.

38

BILLIE STRECKT MIR ihre Hände entgegen.

»Komm mal zu mir«, sagt sie.

Sie wartet, bis ich mir die Hände am T-Shirt abgewischt habe, und greift dann nach ihnen.

»Du bist ein sonderbares Mädchen«, sagt sie.

Ich schnaube.

»Sonderbar?«

Billie nickt.

Ein paar Häuser weiter brabbelt eine Mutter mit ihrem Baby.

»Wo ist das Bubu?«, sagt sie. »Na, wo ist es denn, das Bubu?«

Billie und ich hören der Frau und ihrem Kind zu, und wir hören das laute Summen meiner Mutter über uns.

Das finden wir witzig, aber ich weiß nicht, ob wir dasselbe denken.

»Ist das gut oder nicht gut?«

Billie erschrickt von meiner Frage.

»Oh. Das ist ein Kompliment. Sonderbar heißt: spannend. Und spannend heißt: wichtig.«

Wahrscheinlich schaue ich Billie zu lange nickend an.

Das fällt mir erst auf, als sie meine Hände loslässt.

Es fühlt sich komisch an, dieses Nichts, auf einmal.

»Ich habe ein Heft, da schreibe ich Dinge rein«, sage ich. »Sonderbar ist dasselbe wie spannend. Spannend ist dasselbe wie wichtig. Das schreibe ich nachher auf.«

Ich erzähle nicht, dass ich Blumen und Pflanzen um die Wörter oder Sätze zeichne und dass ich beim Zeichnen gut über das Wort oder den Satz nachdenken kann.

»Vielen Dank«, sage ich.

Billie macht den Mund auf, um noch etwas zu sagen.

Ich erwarte einen ganzen Gedankengang, aber es bleibt bei: »Gern geschehen«, weil Mama wiederkommt, mit den Worten: »Sorry, dass es so lange gedauert hat!«

Wenn man klein ist, findet man es ganz normal, dass immer dieselbe Frau nett zu einem ist und einen anlächelt. Ganz am Anfang muss man noch lernen, »Mama« zu sagen. Man kann sich nicht vorstellen, dass einem diese Frau eines Tages auf den Geist geht.

Mama wedelt mit einem weißen Tuch rum.

Alles an ihr flattert.

Die Türklingel erschreckt uns.

Mit ihrem Tuch erschrickt sie am schönsten.

»Dein Vater, Bianca, dein Vater!«, ruft sie.

»Vielleicht«, sagt Billie, während sie von der Tischtennisplatte zurückkommt, »ist es aber auch meine Malika.«

Mama ist schon drinnen verschwunden.

»Ich komme ja schon, ich komme ja schon«, flötet sie.

39

Ich kann nicht sofort erkennen, wer Mama in die Küche folgt. Es ist eine Frau in einem roten Kleid. Erst als sie auf die Terrasse kommt, erkenne ich sie.

Ich brauche ein paar Sekunden, um wieder klar denken zu können.

Ein paar Sekunden ist nichts wirklich.

In der Schiebetür steht Malika Walter.

In Gedanken spreche ich ihren anderen Namen aus, den, wenn sie eine Lederjacke anhat.

Ich gebe eine Art Knacken von mir, als ob etwas in meinem Kopf bricht.

Da steht also Dagmar Vos in einem roten Sommerkleid und mit roten Schuhen, die sie bei *Hier bei uns* niemals tragen würde.

Ich schaue von Mama zu Billie, die lächelt.

Danach schaue ich zu Malika und kann den Blick nicht mehr von ihr lösen.

Sie ist es. Sie ist es wirklich.

Das dringt erst richtig zu mir durch, als Malika vor mir steht und mir die Hand geben will.

Statt dass ich einen Schritt auf sie zugehe, gehe ich einen Schritt zurück.

»Autsch«, sage ich dann, als ich mich an der Tischtennisplatte stoße.

»Autsch«, sagt auch Malika und fragt, wie ich heiße.

Meine Mutter sagt, ich heiße Bianca, und Billie sagt, ich heiße Perdón, und alle finden das witzig, nur ich nicht.

Ein paar Sekunden denke ich, dass ich / wer weiß? / vielleicht / gut möglich / bei *Hier bei uns* mitspiele.

Aber dann legt Billie den Arm um Malikas Taille und gibt ihr einen Kuss. Das hat es im Fernsehen noch nie gegeben.

»Wo hast du so lange gesteckt?«, fragt Billie.

»Ach, ich bin hier überall rumgefahren. Ich konnte das Auto einfach nicht loswerden.«

Meine Mutter nickt. Sie ahmt mit der Hand einen Hubschrauberpropeller nach.

»Hier wohnen viele Leute, die Kinder haben und einen Garten«, sagt sie. »Leute mit Kindern und einem Garten bleiben zu Hause, wenn so schönes Wetter ist. Dann ist es die Hölle, hier einen Parkplatz zu finden. Wir bleiben in letzter Zeit auch am liebsten zu Hause, aber das liegt daran, dass wir kein Auto mehr haben.«

Sie klebt sich ein Lächeln ins Gesicht.

Malika nennt den Namen der Straße, in der das Auto stehen soll. Den hat sie sich gerade aus den Fingern gesogen, glaube ich. Der Gehweg-Weg oder so.

Mama fragt, wo der ist, und tut, als würde sie der Beschreibung folgen.

»Ach ja, da«, sagt sie und fühlt dann an den Haarnadeln, ob alle noch feststecken.

»Genau«, sagt Malika. »Da.«

Was für ein Gespräch.

Alle drei drehen sich zum Garten um.

Sie brauchen der peinlichen Stille nicht lange zu lauschen.

Mama sieht ein Loch in der Luft und klebt eine Sprechblase rein.

Dass die Jungs geschwommen wären – doch, ehrlich, geschwommen. Und auch bei ihr wäre keine Faser trocken geblieben / hahaha.

Malika erfährt Details, von denen ich nichts mitbekommen habe. Mamas Kleider sind nasser geworden als in echt, aber ihre Geschichte wird davon besser.

40

BEI »HIER BEI UNS« werden keine Straßen überschwemmt. Da schlagen keine Blitze ein. Die Menschen hocken nie bang zusammen, weil es schon über eine Stunde hagelt und das Plastikdach des Carports draußen große Löcher bekommt.

Nie stürmt es tagelang. Man braucht nicht zu sagen: »Solange die Dachziegel nicht wegwehen.«

Es gibt keine Windhosen, die eine Spur der Zerstörung hinterlassen. Der Flurspiegel zerspringt nicht in tausend Scherben.

In Ilonas Kneipe hört man keine Radionachrichten. Das Wort »heikel« ist noch nie gefallen.

Nie kommen Dinge aus Ilonas Mund, die sie gerade in den Nachrichten gesehen hat.

Dass ein Laster mitten durch eine belebte Einkaufsstraße gerast ist.

Ein Eisbär auf einer treibenden Eisscholle verhungert.

An der Theke sitzt nie jemand, der aus heiterem Himmel sagt, in manchen Ländern gebe es mehr Wächter als Menschen, die bewacht werden müssten.

Meiner Meinung nach liegt das daran, dass *Hier bei uns* um halb sieben anfängt.

Um halb sieben sind noch Kinder wach.

Kinder dürfen viele Dinge wissen, aber Sorgen dürfen sie sich nicht machen.

41

ICH GLAUBE, MALIKA hat schon ein paarmal meinen Namen gesagt. Ich höre sie aber erst, als sie mich Perdón nennt.

Mit verschränkten Armen steht sie neben Billie.

Beide stehen genau gleich da. Vielleicht sind sie ja früher zusammen synchron geschwommen?

»Was hast du den Sommer über gemacht?«, wiederholt Malika ihre Frage. »In welche Klasse kommst du?«

Ich will antworten, aber Mama findet, dass ich zu lange brauche.

Sie sagt an meiner Stelle Dinge, die ich nicht sagen wollte.

Dass letztes Jahr der Sommer wie im Flug vergangen ist und dass es sicher gut wird, wenn ich endlich an eine richtige Schule gehe.

»An eine richtige Schule?«, fragt Malika. »Und wo warst du bis jetzt? An einer falschen?«

Billie muss lachen.

Bei *Hier bei uns* macht Dagmar nie Witze. Bei *Hier bei uns* macht sie sich Sorgen über die Umwelt, über Geld, über Gesetze, über Fleisch, das sie nicht isst. Sie sagt: »Wir werden nach Strich und Faden betrogen«, so jemand ist das.

In der Kneipe wird bei ihr jedes Gespräch zu einer Diskussion. Sie beugt sich rechthaberisch vor. Spricht über Besitz oder besser gesagt: Besitzlosigkeit. Wie es ist, kein Haus und kein Zuhause zu haben. Ihr Kopf wird rot, und sie unterstreicht ihre Worte mit erhobenem Zeigefinger.

»Schlägt unser Herz etwa immer nur für uns?«

Solche Sachen sagt sie.

Dagmar ist ganz Zeigefinger, Schaum vorm Mund, wedelnde Arme, feste Überzeugungen, viel Farbe im Haar. Sie allein füllt schon den ganzen Raum aus.

Hier, bei uns, ist Malika genau richtig.

Ihr Haar ist kurz und schwarz. Ihr rotes Kleid und die roten Schuhe stehen ihr sagenhaft gut.

Man sieht auf den ersten Blick, dass sie gut zu Billie passt.

Das ist noch schöner, als wenn sie einfach nur zu Billie gehören würde.

»Hat unser Jazz sich einigermaßen benommen?«, fragt sie.

Ich schaue zu Mama, gespannt auf ihre Antwort.

Ich werde zu einem anderen, netteren Mädchen, merke ich, wie vorhin bei Billie. Ich richte mich auf und bin glücklicher, als es zuerst den Anschein hatte.

Das behagt meiner Mutter nicht.

Takataa schießt der Blitz aus ihren Augen.

42

BEI MAMA GIBT es jeden Tag ein Donnerwetter. Aber man weiß nie, wann.

Statt Jazz' gute Eigenschaften aufzuzählen / was für ein Süßer er doch ist / wie die Mädchen später auf ihn fliegen werden / mit seinen blonden Haaren / sagt sie todernst: »Er ist ein Geschenk. Er macht Alan glücklich.«

Malika und Billie erschrecken von ihrem Ernst, sie halten die Luft an.

Ich auch.

Ich versuche mir den nächsten Satz vorzustellen.

Wenn Mama vom vergangenen Jahr spricht, geht sie meistens nicht allzu sehr in die Tiefe und macht Witze.

Manchmal schafft sie das nicht. Dann donnert es plötzlich, und jedes Wort, das sie sagt, hat einen Großbuchstaben, auch wenn es gar nicht großgeschrieben wird. Dann spricht sie von Den Schwierigen Monaten, von Dem Ewigen, Nicht Enden Wollenden Elend.

Sie zeigt auf mich.

Ihr Lächeln ist halb liebevoll und halb nicht.

Ich sehe den Schlag nicht kommen.

Zu Billie und Malika sagt sie, Alans Schwester wäre ihm keine große Hilfe.

Mein Kopf und meine Schultern sacken ein paar Zentimeter runter. Der Boden unter meinen Füßen knarrt. Vielleicht versinke ich ja gleich darin.

»Es gibt Tage, da kriegen wir das Kind kaum zu Gesicht«, sagt sie, als ob ich im Gehweg-Weg wohne und nur ab und zu durch unsere Straße spaziere. »Wenn ihre Zimmertür zugeht, macht sie für den Rest des Tages das Licht aus. Dann liegt sie auf dem Bett und denkt nach. Eigentlich lümmelt sie nur rum, aber wenn ich eine Bemerkung mache, sieht sie mich nur an und sagt, ich wüsste nicht mal die Hälfte.«

Ich senke den Blick.

Malika sagt was Nettes. Es klingt wie: »Ach / nein / na ja / ach.«

Billie sagt auch etwas, aber Mama fällt ihr ins Wort.

»Das glaube ich übrigens auch«, sagt sie, »dass ich nicht mal die Hälfte weiß. Ein Buch mit sieben Siegeln als Tochter ...« meine Mutter sucht nach einem passenden Ende für ihren Satz, »das ist schwierig.«

Danach verstummt sie.

Ich schaue weiter zu Boden. Vielleicht sehe ich sie erst nächsten Monat wieder an.

Ich habe Angst, dass sie von Papa anfängt. Von Der Zeit Mit Ihm. Von Der Zeit Ohne Ihn. Und dass er und ich Die Besten Freunde waren.

Vielleicht spricht sie dann auch von Cruz.

Jedes Mal muss sie dann erzählen, dass ich gern so tue, als wäre Cruz dumm, weil ihre Verben nicht an der richtigen Stelle im Satz sind. Und dass ich gern frage: »Wie alt ist sie? Vierzehn?« Dann muss Mama mich verbessern. Cruz würde noch Niederländisch lernen, und das sei schwierig, wenn man dreiundzwanzig Jahre in Spanien gelebt hat. Und dass sie jetzt vierundzwanzig wäre. Das sei jung, aber nicht vierzehn.

Mein Herz pocht mir in den Ohren.

Ich schiebe die Hände in die Taschen meiner Shorts.

Der Schlüssel ist da.

Wenn Billie und Malika nicht bei uns wären, würde ich eine kleine Runde drehen.

Aber / hey / ich schaff das / ich bleibe da.

Die Gewitterwolke zieht vorüber.

Mamas Stimme klart wieder auf.

»Ansonsten ist Bianca eine Süße«, sagt sie. »Oder, Schatz?«

Ich schaue kurz zu ihr hoch.

Und zu Billie und Malika.

Sie nicken mir zu. Ihre Augen schließen sich einen Moment, als ob sie mich auch trösten wollten.

Sie finden auch, dass ich eine Süße bin / oder, Schatz?

Ich greife zu Mamas Lächeln-Schalter: Mein Lächeln geht an und wieder aus.

Bei *Hier bei uns* wäre das ein guter Zeitpunkt.

Ich würde aus der Küche gehen und direkt hinter der Tür stehen bleiben. Dann würde ich mich unerwartet umdrehen und noch ein paar Textzeilen sagen.

Ich sehe mich dastehen.

Ein bisschen engelhaft, mit meinen ausgebreiteten Armen wie Flügel neben mir, die Hände locker an den Türpfosten gelegt.

Um die Spannung zu steigern, würde ich eine Stille einbauen.

Durch die Stille käme das, was ich dann sagen würde, besser zum Tragen.

»Du kannst froh sein, dass du nicht mal die Hälfte weißt, Mama.«

Und danach würde ich verraten, dass ich mich heute Vormittag selber weggeschnitten habe.

Sämtliche Fotos aus ihrer Schachtel sind durch meine Hände gegangen.

Bei jedem Foto, wo ich drauf war, habe ich die Schere genommen. Kreise schneiden ist keine Kunst.

Danach würde ich aus dem Raum gehen, die Treppe hoch.

Mann, wäre das ein starker Moment.

43

HINTER MAMAS RÜCKEN schleichen sich Alan und Jazz ins Wohnzimmer.

Sie haben sich verkleidet. Um nicht lachen zu müssen, halten sie sich die Nase zu, und sie machen mir Zeichen, dass ich sie nicht verraten soll.

Gähn.

Ich gucke weg.

Ich weiß, was gleich kommt.

Die neue Küche hat Lautsprecher in der Decke. Gleich fällt die Musik, die meine Mutter gern hört, weil es Gute-Laune-Musik ist, auf uns herab.

Bam, bam, bam.

Wusste ich es doch.

Mama und Billie und Malika drehen sich um.

Alan und Jazz brüllen, sie wären in Rio.

Und wir also auch. Wir stehen auf der Straße, der Umzug geht los.

Sie gehen vorneweg. Kaffee fließt in ihren Adern.

Sie haben alte Blusen und Pullis von Mama angezogen und tanzen auf der Kochinsel. Die weißen Punkte und das Gold und Gelb auf ihren Kleidern wimmeln durcheinander, dass einem ganz schlecht davon wird.

Karneval ist der Wahnsinn.

Jazz hat Girlanden um den Hals. An Alans Armen sind Stulpen, und er hat sich mit Klebeband einen Hut aus Plastikfrüchten gebastelt. Sein Gesicht ist ganz schön rot.

Es macht mir ein bisschen Angst, so rot ist es.

Mama macht sich auch Sorgen.

»Was ist *hier* los?«, ruft sie und klatscht in die Hände.

Es sieht aus, als ob sie sich amüsiert.

Dabei wäre sie am liebsten zum Schrank gegangen und hätte einen Knoten in die Trompeten gemacht. Die Musik abgewürgt.

Stattdessen wiegt sie sich im Takt. Sie will keine Spielverderberin sein.

Sie nennt die Jungs kleine Schlawiner und schlägt auf Alans klapprigen Hintern. »Du bist aber ein hübsches Mädchen«, sagt sie.

Das stimmt.

Alan ist ein hübsches Mädchen.

Vor die Brust hat er zwei Tennisbälle in ein Tuch gebunden. Er hat sich noch nie ohne die Tennisbälle verkleidet.

Von außen sieht man es nicht so, aber in seinem Kopf ist er der Star der Tanzfläche. In seinem Kopf trägt er hohe Hacken und wirbelt um die eigene Achse, ohne die Schuhe zu verlieren.

Er ist ganz aus Gummi.

Er glaubt, dass er sein Becken rasend schnell bewegt, dass man mit den Augen gar nicht hinterherkommt.

»Ruhig, Alan«, sagt Mama.

Aber ruhig ist nicht drin.

Alan ahmt Jazz nach. Jazz ist ein Geschenk des Himmels / haha / er macht Alan glücklich.

Alan springt hoch und kommt wieder auf und berührt gleich darauf in Gedanken den Boden hinter sich. Er zwinkert, als er, natürlich einhändig, Handstand macht.

Um ein Haar hätte er den Philodendron umgeworfen.

Seht nur, wie sie zusammen hakken.

Seht, wie sie spinnen.

»Oder wie heißt das?«, fragt Mama ganz atemlos, als die Musik endlich aufhört.

»Headspin«, sagt Jazz.

»Ich habe es gesehen«, sagt Malika.

»Super«, sagt Billie.

Bullshit, will ich sagen.

44

ALAN LEHNT KEUCHEND an der Schiebetür. Seine Stirn glänzt. Ihm ist so warm, dass er Dampf abstrahlt, auf die Scheibe.

Die Früchte hat er schon vom Kopf genommen, jetzt zieht er Mamas Bluse aus.

Ich sehe das Ausrufezeichen auf seiner Brust und denke automatisch an sein Inneres.

Sein vieles Blut, das durch sein halbes Herz muss.

»Alan, Süßer«, sagt Mama, »willst du dich nicht kurz setzen?«

Ich streiche mir mit der Hand über den Hinterkopf. Es fühlt sich an, als würde ich meine Gedanken aus meinem Körper lösen. Legt euch schon mal aufs Bett, rate ich ihnen. Nehmt den Schlüssel, dreht eine halbe Runde um den Block.

Billie zieht Jazz zu sich her.

»Super gemacht, mein Junge«, sagt sie.

Jazz antwortet nicht, er muss erst verschnaufen.

»Ja«, sagt Malika. »Das hast du wirklich super gemacht.«

Jazz befreit sich von den Girlanden, wischt sich den Schweiß aus dem Haar.

Mit einem breiten Grinsen schaut er zu Alan.

So stolz ist er auf sie beide.

Alan nickt und lacht kurz, aber dieses Lachen ist einfach von vorhin übrig.

45

IM GARTEN DER Nachbarin sind Stimmen zu hören. Zuerst denke ich, dass die Nachbarin mit meiner Mutter spricht, aber nein, sie spricht mit ihrem Bruder.

Sie sprechen von einer Motorsäge / wo ist die Motorsäge / das geht nur mit Motorsäge.

Ein Mann mit tiefer Stimme sagt: »Nein.« Dazu bräuchte man die Maschine und rohe Gewalt.

Ein Mann, der das so sagt, weiß, wovon er spricht. Ein Mann mit so einer Stimme hat einen Pick-up, der viel Platz einnimmt.

»Gib her«, sagt er. »Her zu mir.«

Dicht beim Haus der Nachbarin steht ein dünnes Bäumchen. Es guckt schon seit ein paar Jahren über den Zaun.

Jemand rüttelt daran.

Das Bäumchen hat Angst.

Ganz kurz jault die Motorsäge auf.

Eine Sekunde, und weg ist das Bäumchen.

»Willst du Bier?«, ruft die Nachbarin aus dem Haus.

46

DA OBEN IST eine Menge blauer Himmel, aber die sechs oder sieben Schwalben sind es, die alle Aufmerksamkeit auf sich ziehen. Sie machen Sturzflüge, stoßen schrille Schreie aus.

Wir sehen sie, weil Jazz in ihre Richtung zeigt. Es sind viel mehr als sechs oder sieben.

»Oh, guckt mal.«

Wir gucken alle seinem Finger hinterher.

Wir stöhnen erstaunt auf.

Wir glauben, dasselbe zu sehen, aber das stimmt nicht.

Plötzlich sagt Jazz etwas über den Mond.

Der Mond?

Wo sieht er den denn?

Wir drehen uns zu Jazz um, in welche Richtung guckt er? Dann spähen wir wieder zum Himmel.

»Da«, sagt er. »Dieser Riss im Himmel.«

Wir stellen uns anders hin. Legen die Hand über die Augen und sagen alles Mögliche, ohne uns anzusehen.

»So was.«

»Ah.«

»So früh schon.«

»So wenig Mond.«

»Fast wie die Wimper eines Engels.«

Durch Billies Bemerkung bin ich schneller wieder auf der Erde zurück als die anderen.

»Ah«, wiederhole ich.

»Wie jetzt, ah?«, fragt Jazz.

»Die Wimper eines Engels«, sage ich, weil es so ein schöner Ausdruck ist.

Mama bleibt am längsten auf dem Mond. Sie spaziert da oben rum und hat uns ganz vergessen.

»Mama.«

»Ja, Kind?«

»Vielleicht hat jemand Durst.«

»Richtig, Süße«, sagt meine Mutter. »Wie spät ist es?«

Malika schaut nicht auf die Uhr.

»Seht die Sonne, seht den Mond. Seht, wie er oben am Himmel thront.« Sie klingt fast wie Dagmar Vos. »Zeit für die Happy Hour, scheint mir.«

»Die Happy was?«, fragt Jazz.

»Hour«, sagt Alan.

Sein Atem bleibt oben in der Brust stecken. Die Luft, die er noch hat, reicht gerade für dieses eine Wort.

»Weißen Martini«, sagt Mama zu Malika. »Was anderes habe ich nicht im Haus.« Sie dreht sich halb um, zwinkert mir zu.

»Kümmerst du dich darum, Bianca? In drei schön verzierten Gläsern, wie wir es so gut können.«

»Martini Bianco, Bianca«, sagt Malika.

Das ist, glaube ich, ein guter Witz.

47

ALAN WEISS, WAS er zu tun hat, wenn er fast keine Luft mehr kriegt. Dann geht es nicht um den Sauerstoff in seiner Lunge, sondern um den in seinem Blut.

Wenn er das Gefühl hat, dass er gleich in Ohnmacht fällt, muss er sich aufs Sofa legen.

Er kennt den Weg zum Beatmungsgerät unter der grünen Hülle. Das Ding steht da wie ein Vogelkäfig mit einem Kanarienvogel drin, den Mama nicht allzu oft singen lassen will.

Alan kommt hinter mir her.

Nicht, um mir bei den Drinks zu helfen.

Das wäre ein Wunder.

Nein, er geht weiter ins Wohnzimmer und nimmt die Hülle ab.

Dann breitet er die Decke aus, die daneben liegt.

Die hat er vor Jahren von einer Frau im Krankenhaus bekommen. »Eine Decke ist so was wie ein Teddybär«, hat sie gesagt.

Ich brauche Alan nicht anzugucken, um zu wissen, wie er aussieht.

Ganz zerknittert liegt er da. Ein neugeborenes Tierbaby, das zu Atem kommen muss.

Sein Mund ist ein rotes Würmchen oben auf einem Haufen Regenwürmer.

Ich streue Zucker auf einen flachen Teller, wie Mama es mir beigebracht hat. In einen tiefen Teller lasse ich ein bisschen Wasser laufen. Ich nehme Gläser aus dem Schrank und tunke sie eins nach dem anderen mit dem oberen Rand erst ins Wasser und danach in den Zucker.

Das kriege ich gut hin.

Die Gläser haben alle einen gefrorenen Rand, es sieht schön aus.

Zwei Eiswürfel in den Martini, zwei Eiswürfel in die Limonade.

Zum Schluss schneide ich dünne Zitronenscheiben ab. Das Messer ist scharf, und ich habe zu viele Finger.

Ich höre schon den Applaus, den ich gleich kriege.

»Vielen Dank, Perdón.«

»Fantastisch, Perdón.«

»Gut gemacht, Süße.«

»Gern geschehen«, sage ich dann. »Gern geschehen.«

Als ich fast fertig bin, fällt mir auf, dass ich im Wohnzimmer nichts mehr gehört habe. Die Hülle ist auf den Boden gefallen, die Decke wurde auf dem Sofa ausgebreitet, aber danach ist es still geblieben.

Das Gerät zischt nicht.

Ich schaue über die Schulter ins Wohnzimmer und rufe: »Alan?«

48

ER DREHT MIR den Rücken zu. Die Hände hat er in die Seite gestemmt, als ob das beim Nicht-Umfallen hilft.

Ich will noch mal seinen Namen rufen, aber Jazz kommt mir zuvor.

Plötzlich steht er neben mir.

»Alan?«

Ich hätte was zu trinken, sage ich, für sie beide.

Jazz sieht mich schief an. Einen anderen Blick habe ich nicht verdient. Wortlos geht er ins Wohnzimmer.

Dann eben nicht / besten Dank auch.

Ich drehe mich zu den Gläsern auf der Küchenzeile um.

Vorhin fand ich den Zuckerrand schon schön, aber jetzt, wo ich das viele Funkeln in der Sonne sehe, finde ich es noch viel schöner.

Mit dem Tablett in der Hand gehe ich vorsichtig, wie auf Rollschuhen, zur Terrasse.

»Happy Hour!«, rufe ich.

Billies und Malikas und Mamas Gesichter hellen sich auf. Sie strecken die Arme nach den Gläsern aus.

Gleich wird es Komplimente hageln / Jubel steigt auf / das Feuerwerk knallt.

Oder auch nicht.

Mich will niemand glücklich machen.

Jazz ist wieder da.

»Verzeihen Sie«, sagt er zu Mama.

Es klingt übertrieben förmlich.

Billies und Malikas und Mamas Arme bleiben in der Luft stehen. Ihre Hände haben vergessen, dass sie nach einem Glas greifen wollten.

Jazz sagt, mit Alan würde was nicht stimmen.

»Er bewegt sich nicht«, sagt er.

Mein Magen krampft sich zusammen.

»Was hast du gesagt?«, fragt Mama. Es ist keine Frage.

Sofort geht sie ins Haus.

Im Vorbeigehen schubst sie mich zur Seite.

Ich habe Mühe, das Tablett zu halten. Die Gläser klirren gegeneinander, die Eiswürfel klimpern, der Martini kleckert über den Rand.

Auch Billie stehe ich im Weg. Sie schießt vor, um Jazz am Arm zurückzuhalten.

»Hiergeblieben«, sagt sie.

Ich schaue zu Malika, ob sie mich vielleicht auch zur Seite schubsen will, doch sie hat nur Augen für die offene Tür und das, was sich im Wohnzimmer dahinter abspielt.

Das ist auch eine Art Zur-Seite-Schubsen.

Sie folgt Billie ins Wohnzimmer.

»Dageblieben, ihr beiden«, sagen sie fast gleichzeitig.

Ich sehe, wie Mama Alans Beine, schwups, mit dem Fuß zur Seite schiebt.

Sobald er auf dem Sofa liegt, nimmt sie seinen Kopf in eine Hand und versucht mit der anderen, an den Plastikschlauch und das Mundstück und den Schalter zu kommen.

Sie zieht den Bügel über seinen Kopf und hält ihm die Maske vor den Mund.

Das Gerät klickt ein paarmal.

»Ein!«, befiehlt sie.

Und danach noch einmal: »Ein!«

Und sagt es immer wieder, so lange, bis Alan hörbar Luft holt und wieder ausatmet, Luft holt und wieder ausatmet, Luft holt und wieder ausatmet.

⁞ 49 ⁞

ICH MUSS MAL beim Fernsehen anrufen und fragen, ob sie mir die Adresse der Drehbuchschreiber von *Hier bei uns* geben können.

Ich will ihnen zwei Fotos schicken.

Das erste habe ich auf dem Stuhl stehend aufgenommen.

Ein Großteil unserer Küche ist zu sehen. Die weißen Schränke, die weißen Wände, der Philodendron. Auf der Kochinsel steht der Topf mit den Sauerkirschen, mitten auf dem Herd.

Auf dem zweiten Foto sieht man denselben Ausschnitt der Küche, vom selben Stuhl aufgenommen. Die Schränke, die Wände, der Philodendron, die Kochinsel.

Nur der Topf auf dem Herd fehlt.

Der liegt umgekippt auf dem Boden.

Da ist er gelandet, als ich ihn am Henkel gepackt und durch den Raum geschleudert habe.

Die weißen Schränke, die weißen Wände, der Philodendron, die Kochinsel und der Fliesenboden – alles ist voller rotem Saft. Die Spritzer und Kleckse und Streifen heben sich schön davon ab. Hier und da klebt eine Sauerkirsche.

Mein Gesicht ist nicht zu sehen.

Man weiß nicht, ob meine Augen glänzen.

Würde man sie glänzen sehen, könnte man denken, dass ich strahle.

Aber dann würde man sich täuschen.

Ich weiß, dass Farbe sehr viel Geld kostet. Und eine Küche zu streichen kostet viel Arbeit.

Zusammen mit den Fotos würde ich eine Karte schicken.

Ich würde mit »Liebe Drehbuchschreiber von *Hier bei uns*« anfangen.

»Sie dürfen meine Idee verwenden, wenn mal jemand wütend ist. Oder die Schnauze voll hat. Oder endlich auch mal beachtet werden will.«

Ich will ihnen schreiben, ich wüsste, dass mit einem Topf Sauerkirschen zu werfen so ähnlich ist wie mit einem Goldfischglas, dass ich aber hoffe, sie erkennen den Unterschied.

Es gibt nämlich einen.

Zur Ermutigung würde ich sagen, dass sie den Film mit der Szene nach der Sendung posten sollen. Ich glaube, er wird gleich am ersten Tag über hunderttausendmal angeklickt. Da bin ich sogar sicher.

Ich würde ihnen sagen, ich spreche aus Erfahrung.

Weil ich keine einzige Folge verpasst habe.

Natürlich würde ich auch einen Witz machen, im PS.

»Eine echt spritzige Idee.«

Mit einer Wellenlinie unter spritzig.

50

UNSERE KÜCHENSTÜHLE KANN man nicht leise verrücken. Unmöglich, leise draufzusteigen.

Jazz hat als Einziger was gehört, ein winziges Quietschen.

Er dreht sich um.

Ein Zucken geht durch seine Schultern, als er mich sieht.

Sein Blick wandert von meinem Gesicht zu dem Topf, den ich fest in den Händen halte, über meine Shorts und meine nackten Beine zu meinen Füßen auf dem Stuhl.

Er zieht die Augenbrauen zusammen und sieht wieder zu mir hoch, als wäre ich ein Witz, den er nicht versteht.

Im Wohnzimmer hören wir Billie und Malika und Mama.

Mama spricht mit Alan.

»Alles in Ordnung, Süßer?«

Billie und Malika fragen, ob sie etwas tun können.

Jazz' Blick fragt: Was tust du da auf dem Stuhl?

Ich presse die Lippen aufeinander, klebe sie mit etwas Leim zusammen.

Die gehen nicht mehr so schnell auf.

Ich deute mit dem Kinn auf Jazz.

Was mischt er sich da ein, fragt mein Gesicht. Ist es etwa sein Topf? Wohnt er etwa hier?

Zur Antwort verschränkt er die Arme und klebt die Lippen aufeinander, wie ich. Leim oben und unten, dieser Mund geht nicht mehr auf.

Ganz langsam schüttelt er den Kopf. Man muss genau hinschauen, um es zu sehen. Wenn man nicht aufpasst, verpasst man auch, dass er mit den Schultern zuckt.

Das soll wohl heißen, dass ich dumm bin.

Sein Blick sucht den Topfdeckel.

Da liegt er, neben dem Herd.

Soll ich den Topf abstellen und den Deckel holen?

Stattdessen hebe ich den Topf noch höher in die Luft. Ich versuche, wie ein Raubtier auszusehen. Ich schaue zum Tisch, zum Philodendron, zum Kühlschrank.

In welche Richtung soll ich werfen?

Weil Jazz' Blick nicht aufhört zu brennen, drehe ich mich zu ihm um.

Das hätte ich besser nicht tun sollen.

Er ist kein bisschen beeindruckt. Er hebt beide Daumen gleichzeitig, und statt den Kopf zu schütteln, nickt er nur noch.

Ja, ja und noch mal ja. Oder dumm, dumm, was bist du doch dumm.

Er dreht sich schon halb um und geht einen Schritt in Richtung Wohnzimmer. Er hat, wie ich, auch gehört, dass Alan wieder sprechen kann.

Was Alan sagt, verstehe ich nicht. Er klingt heiser, schwach.

Aber mich legt er nicht aufs Kreuz. Für eine Tüte Süßigkeiten oder eine Packung Oreo würde er alles tun.

Gleich kriegt er, was er will, ganz egal, was.

Da / Bärchen / Mausi / Schnucki.

»Na los, steh auf«, höre ich Mama sagen.

In meinem Kopf wiederholt sic das ein paarmal.

Er hat nur ein halbes Herz, aber sie ein doppelt so großes.

Ich habe keine Ahnung, ob da für mich noch Platz ist.

Meine Arme werden schlapp, meine Beine auch.

Gleich wird ein Häufchen Bianca mit einem lauten, nassen Platscher auf den Stuhl plumpsen.

Bevor es zu spät ist, stelle ich den Topf mit den Sauerkirschen zurück auf den Herd.

Dann steige ich vom Stuhl und greife zum Deckel.

Wir werden ja sehen, wie lang die Fliegen dableiben, wenn der Deckel drauf ist.

Ich drehe mich um und sehe kurz Jazz. Er nickt mir zu, glaube ich.

Jetzt will ich nur noch allein sein.

51

MAMA SAGT GERN, ich wäre ihr ähnlich, als sie so alt war wie ich. Sie nennt mich gern rasend. Aber hallo / wie soll das denn gehen? Sie sagt auch gern, Alan wäre ihr ähnlich, als sie neun war.

Früher hat sie mit Türen geknallt. Sie hat Stühle umgeworfen.

Stolz erzählt sie, dass sie mit ihrem Stiefel ein Loch in die Wand getreten hat. Als sie neun war oder zwölf, sind bei ihr schon mal Teller durchs Zimmer geflogen.

Aber hört sie mir je zu?

Ist sie je auf die Idee gekommen, dass ich nicht wirklich still *bin*, sondern nur still tue?

Für meinen Krach ist kein Platz.

Ich gehe an Alans Planschbecken vorbei.

Lasse mich im Schatten der Büsche und Bäume mit dem Rücken an die Mauer neben dem Gartentor fallen.

Ich warte nicht, bis ich mich beruhigt habe.

Los, Bianca, sage ich mir und schiebe mich zwischen Zaun und Mauer.

Ich schürfe mir das Bein auf, ekle mich, als mir ein Viech in den Mund fliegt.

Mein ganzer Körper juckt vor Schweiß.

Ich bewege mich schneller als sonst, schabe mir den Rücken am Beton auf, das tut gut.

Kurz vor der Stelle, wo die Mauer verschwindet, verbrenne ich mich an einem kleinen Feuer.

»Autsch«, sage ich und ziehe den Arm zurück. Wahrscheinlich hat mich was Großes gestochen, aber ich kann jetzt nicht zurückschauen, was für ein Insekt das war.

Drei, zwei, hopp.

Dann stehe ich auf den Gartenplatten, von denen niemand weiß, dass es sie gibt.

Die Schmerzen am Arm kommen nicht von einem Biss oder Stich. Da ist auch keine Beule. Als ich mit der Hand drüberfahre, habe ich Blut an den Fingern.

So oft habe ich mir gesagt, dass ich gut aufpassen muss, wegen der Bolzen, die aus der Mauer ragen.

So oft bin ich schon mit meinen Kleidern dran hängen geblieben, jetzt musste auch mal meine Haut dran glauben.

»Nicht so schlimm, nicht so schlimm«, sage ich.

Die Wunde ist nicht sehr groß.

Ich ziehe das lose Stück Lattenzaun zu mir und zwänge mich durch die Öffnung.

Bin ich froh, als ich meinen Stuhl wiedersehe.

Ich setze mich und stoße sofort einen Seufzer aus.

Gleich darauf weiß ich nicht mehr, wie es geht zu atmen.

52

EIN PAAR METER weiter höre ich den Bruder der Nachbarin fluchen. Seine Stimme ist tief. Er stöhnt vor Anstrengung.

Uns trennt nur die dünne Wand des Hühnerstalls.

Einen Moment lang glaube ich, dass er alle Hühner in eine Holzkiste gesperrt hat und die Kiste jetzt aus dem Stall schleift.

Das kann nicht sein.

Man würde sie gackern hören. Jetzt knirscht und knackt alles bloß.

Da geht mir auf, dass die Nachbarin die Hühner gestern schon weggebracht hat. Oder vorgestern. Ich kann mich nicht erinnern, wann ich sie zuletzt gehört habe. Ich weiß nicht mehr, wann mein Trick mit den Regenwürmern das letzte Mal funktioniert hat.

Gokgokgaak.

Das Hühnerhaus bebt. Das Dach wackelt.

Ich klammere mich an meinem Stuhl.

Noch nie habe ich das Hühnerhaus vor meiner Nase als etwas angesehen, das zusammenbrechen könnte. Die Wand aus Wellblech ist nicht besonders hoch und auch nicht besonders breit. Ich weiß nicht, wie stabil das alles ist.

Die Nachbarin ruft.

Wo sie ist, weiß ich nicht, aber sie sagt, die Maschine hätte Hunger, und will wissen, ob bald neues Holz kommt.

Ich weiß nicht, wovon sie spricht und warum sie lacht.

Ja, ja, brummelt der Bruder. Dann murrt er noch einen Fluch hinterher und sagt was von Hühnerkacke.

Mein Herz schlägt mir bis zum Hals.

Das passiert hier zum ersten Mal.

Sonst hat mein Herz hier höchstens mal einen Schlag ausgesetzt. Weil die Nachbarin sich ein Ei geholt hat und ich erst spät hörte, dass sie näher kommt.

Ich schaue zu meinem üblichen Guckloch und beuge mich vorsichtig in seine Richtung.

Wenn ich ein Auge zukneife, kann man mich nicht blinzeln hören. Man kann mich nicht gucken hören.

Ich sehe Büsche in der Sonne. Dahinter liegt auch das Haus der Nachbarin im Licht.

Das Licht fällt auf.

Der Garten lebt und das Innere des Hauses auch. So, mit weit geöffneten Fenstern, ist überall Luft.

Neben der Tür zur Küche stützt sich die Nachbarin auf einen Besen.

Sie zieht an ihrer Zigarette und schaut auf einen großen orangefarbenen Behälter, aus dem Zweige und Bretter ragen.

Gerade als ich denke: Mann, die bricht sich ja echt einen ab / haha / kommt ihr Bruder zu ihr.

Er hat Holzlatten und -bretter unterm Arm.

Ein Stück Holz nach dem anderen schiebt er in den orangenen Container.

Als er fertig ist, sagt er: »Friss.« Dann lacht er genauso wie die Nachbarin und drückt auf einen Knopf.

Zum Schutz vor einer aufwehenden Staubwolke treten beide einen Schritt zurück.

Die Nachbarin hält den Arm vor die Nase und wendet sich ab.

Der Bruder rührt sich nicht.

Er schaut auf die rappelnde Maschine.

Man könnte sie für ein fressendes Tier halten. Sie verschlingt Äste, Grünzeug, Bretter.

Sobald die Maschine ausgeht und einfach nur wieder ein orangener Behälter ist, löse ich mich von dem Guckloch.

Ich setze mich auf. Um zu spüren, wo ich bin, presse ich den Rücken an die Lehne.

In meinem Kopf ist ein einziges Chaos.

Ich möchte einen Gedanken wiederfinden. Nur einen.

Was wollte ich hier? Was war der Plan?

53

DA IST KEINE Zeit, lange nachzudenken. Der Bruder knöpft sich die Legenester im Hühnerhaus vor. Mit einer Axt, glaube ich.

Das Krachen von splitterndem Holz ist so dicht vor mir, dass ich denke: Wenn ich nicht aufpasse, bleibt auch von mir nichts übrig.

Gleich bricht noch der ganze Bruder durch den Hühnerstall und steht vor mir, keuchend, die vier eingestürzten Wände um ihn rum. Mit einer Hand hält er dann das Dach aus Maschendraht hoch.

Ich hebe die Füße in die Luft, ohne mir was dabei zu denken, als wollte ich losrennen.

Der Stall wackelt hin und her und steht hinterher schiefer da als vorher.

Ich schaue über die Schulter, zum Zaun. Am besten mache ich mich aus dem Staub. Gleich ist kein Hühnerhaus mehr da.

Neben mir landet ein Stein.

Er fällt nicht von weit oben, aber trotzdem denke ich: Wo kommt der Backstein her?

Ich mustere ihn eine Weile, bevor mir klar wird, was da zu meinen Füßen liegt.

Es ist die Plastikbox, in der ich meine Sachen aufbewahre.

Meine Capri-Sonne. Die Keksdose mit den Fotoalben. Die Buntstifte, die Schere, mein Heft.

Mein Lächeln wird immer breiter.

Ich hebe die Plastikbox auf und zögere keinen Moment. Ich

schiebe den Zaun von mir weg und zwänge mich durch den Spalt zurück in unseren Garten.

Hinter meinem Rücken flucht der Bruder. Es klingt, als würde er mich ausschimpfen, aber ich habe nichts damit zu tun. Es ist nicht meine Schuld, dass der Hühnerstall in sich zusammenstürzt, so geht das bei einem Abbruch.

54

AUF DEM WINZIGEN Stück Bodenplatten öffne ich meine Plastikbox.

Ich will nicht nur schauen, ob noch alles da ist, ich will vor allem mein Heft in Händen halten.

»Ah«, sage ich, sobald ich es habe.

Zum Umschlag sage ich: »Da bist du ja.«

Ich blättere zur Mittelseite, wo die Heftklammern sind.

Mein Körper fühlt sich an, als würde ich anders drinstecken als eben.

Ein bisschen zurechtgerückt. Mein Kopf ist klar.

Auf der Mittelseite im Heft ist ein Bild, für das ich lange gebraucht habe.

Da ist kein Platz mehr für eine weitere Fantasieblume oder ein Blatt, das es nicht gibt. Ich brauche keine Buntstifte mehr, um noch was dazuzumalen. Kein Schwarz oder Grau für Extraschatten. Mit dem Weiß und Gelb hat es auch gut hingehauen. Auf meiner Zeichnung ist viel Licht.

Fertig.

Das Wort Perdón steht knallrot in der Mitte, und drum herum ranken Blumen und Blätter, und hier und da krabbelt ein Käfer.

Ich trenne die Seite vorsichtig raus und verstaue das Heft wieder in der Plastikbox.

Das Bild falte ich zusammen. Ich stecke es unter den Bund meiner Shorts und unter mein T-Shirt.

Das Bild ist für Cruz.

Ich mache ihr schon zu lange das Leben schwer. Damit muss ich mal aufhören.

Das dachte ich heute Vormittag auf dem Bett, und am Nachmittag habe ich es beschlossen.

Gerade als ich mich an meine Expedition zwischen Hecke und Mauer machen möchte, höre ich Mama meinen Namen rufen.

Ihre Stimme dringt durch eine grüne Wand. Sie klingt weit weg.

Wahrscheinlich steht sie im Eingang, unten an der Treppe. Sie glaubt, dass ich in meinem Zimmer bin.

»Bianca?«

Sie ruft, dass Billie jetzt losgeht. Und Malika.

Ob ich mich verabschieden möchte?

Geduldig ist sie nicht gerade.

Sie wartet höchstens drei Sekunden.

»Schade!«, ruft sie hoch. »Dann eben nicht. Weg sind sie!«

55

DIE TAUSENDSTE FOLGE von *Hier bei uns* haben sich sehr viele Leute angesehen. Sie war doppelt so lang wie die anderen. Es gab viele überraschende Wendungen. Allein schon deshalb war sie der Wahnsinn.

Danach gab es eine Geburtstagsshow im Studio.

Alle Schauspieler und Schauspielerinnen saßen zusammen auf einem riesigen Podium. Sie wurden interviewt.

»Was war Ihre liebste Szene?«

Dann wurde die Szene gezeigt.

Jemands erster Kuss. Die Panne mit der Tür, die einer für die Tür nach draußen hielt, dabei war es die von der Speisekammer. Die Neuigkeit mit dem Zwilling, der sich dann als Drilling rausstellte.

In der Sendung war was los.

Der Moderator sprach von einem lachenden und einem weinenden Auge.

Es wurde an eine Schauspielerin erinnert, die ab der ersten Folge dabei gewesen war, im September aber plötzlich starb. Nicht bei *Hier bei uns*, sondern in echt.

Alle brauchten ein Taschentuch. Der Kurzfilm war mit einem Lied unterlegt, den Text konnte man mitlesen.

Irgendetwas über das Überqueren einer Brücke.

Mir sagte es nicht so viel.

Ich kuschelte mit Papa auf dem Sofa.

Damals wohnte er noch bei uns. Davon, dass er weggehen würde, hatte er noch nicht gesprochen.

Sein Arm lag quer über mir, also hatte man auch gar nicht den Eindruck, dass er je weggehen wollte.

Am Ende des Films über die Schauspielerin, die nie mehr wiederkäme, murmelte ich: »Und tschüss.«

Papa meinte, ich sollte netter sein zu anderen Menschen.

»Bin ich doch«, sagte ich. »Aber man kann nicht zu allen gleich nett sein. Ich schaue wegen Sam und Angie und Ilona.«

Zufällig tauchte Ilona gerade auf dem Bildschirm auf.

Ich zeigte auf den Fernseher.

Ich sagte, ich hätte manche Menschen lieber als andere.

»Ehrlich, Papa«, fügte ich hinzu, und um ihm klarzumachen, dass ich ihn mindestens so gern hatte wie Ilona, kuschelte ich mich an seinen Arm.

Zusammen mit Billie wurde ein Rückblick auf die Probleme mit Sam geworfen. Ihr Liebesabenteuer, nannten sie es. So heißt das, wenn zwei Menschen mal zusammen sind und mal nicht und dann wieder zusammen und dann wieder nicht.

Natürlich wurde auch die Klopperei zwischen Ilona und Dagmar wieder gezeigt.

Schließlich fing der Moderator von der Halbschwester und dem Fischglas an.

Die Kamera schwenkte zum Publikum.

»Kennst du mich noch?«, sagten die Menschen im Chor, als würden Hunderte Halbschwestern dort sitzen. Dann lachten sie über etwas, was sie vorher geprobt hatten.

Billie war anzusehen, dass sie es nicht witzig fand.

»Ach, *die* Szene«, sagte sie und nahm den Kopf in die Hände.

Der Moderator kam nicht dazu, ihr eine Frage zu stellen.

In einem Atemzug redete sie weiter: Dass sie es jammerschade finde, dass das ganze Affentheater ausgerechnet ihre Halbschwester getroffen hatte.

Der Moderator versuchte noch kurz, sich mit einem Augenzwinkern einzuschalten, doch Billie hob die Hand, um ihn zum Schweigen zu bringen, und sprach weiter.

Mir war klar, dass sie gerade etwas Wichtiges sagte, aber ich konnte sie nicht richtig verstehen. Sie redete schnell, ohne Punkt und Komma.

»Hä?«, machte ich.

»Moment«, sagte Papa und wartete kurz, bis Billie ihren Satz beendet hatte und wieder Musik kam.

Danach erst sagte er: »Wow.«

Ich stupste ihn in die Seite.

»Was war das gerade?«

Papa wiederholte sein Wow und sagte: »Das war stark. Sie hat gesagt, sie findet es gut, dass die Zuschauer und Drehbuchschreiber eine klare Entscheidung getroffen haben. Ihre Halbschwester musste weg, und zwar schnell. Ein bisschen bleiben oder ein bisschen gehen, geht nicht. Ein bisschen mit einem Fischglas werfen, geht auch nicht. Sie sagte, dass sie die Dinge in ihrem Leben gern voll und ganz macht oder gar nicht.«

»Ja«, sagte ich.

»Aber hast auch gehört, dass sie es unmöglich fand, dass die Leute so schnell geurteilt haben?«

»Nein.«

»Sie hat gesagt, die Leute hätten länger nachdenken sollen.«

Stirnrunzelnd sah ich Papa an.

»Wer eine Halbschwester hat, ist selbst auch eine Halbschwester. Ilona hätte gern gezeigt, dass es halbe Schwestern gar nicht gibt.«

»Hä«, machte ich. »Hat sie das gesagt?«

»Ja«, sagte Papa. »Wenn man was tut, soll man es voll und ganz tun oder gar nicht. Keine halben Sachen.«

Ich sah zu Papa und dann wieder zum Fernseher. Eine ganze Weile schaute ich den Bewegungen auf dem Schirm zu, ohne was zu sehen. Ich weiß noch, dass Papa auch eine ganze Weile nichts sagte, vielleicht auch ohne was zu sehen.

56

MAMA STEHT MIT Doktor Bibber unterm Arm neben dem Küchentisch.

»Wo kommst du her?«, fragt sie.

Eigentlich hasse ich Fragen, wo die Antwort klar ist. An jedem anderen Tag hätte ich kehrtgemacht und die Augen verdreht.

»Aus dem Keller«, hätte ich gesagt, wenn ich überhaupt was gesagt hätte.

Jetzt versuche ich einfach zu sagen, dass ich gerade von draußen komme.

»Hast du einen Spaziergang gemacht?«

Ich nicke. Das ist nicht ganz gelogen.

»Ich dachte, du bist oben.«

»Nein«, sage ich.

Ich lächle kurz. Ich bin echt eine Süße / ernsthaft.

»Alan hat einen Anfall gehabt«, sagt Mama.

»Ich weiß. Ich war dabei.«

Mama schließt die Augen und schlägt die Hand an die Stirn. Wie dumm / ich habe mich getäuscht, soll das heißen, aber sie fängt sich gleich wieder.

»Ich fände es schöner, wenn du in solchen Momenten in meiner Nähe bleiben würdest, Schatz.«

Ich sehe sie an und warte kurz mit meiner Frage.

»Warum?«

Mama schüttelt den Kopf, als ob in ihrem Hirn etwas schiefgeht.

»Weil ich dich eben in solchen Momenten gern in meiner Nähe haben möchte«, sagt sie. »Das ist doch logisch, oder?«

»Wenn Alan einen Anfall hat, kümmerst du dich um ihn«, sage ich. »Dann brauchst du mich nicht, würde ich denken.«

»Würdest du denken.« Sie lächelt kurz, bevor sie fortfährt. »Dann hast du mal wieder falsch gedacht.«

Ich könnte so tun, als hätte ich sie nicht gehört, aber zu spät. Ich habe schon genickt und mit den Schultern gezuckt.

Ich zeige auf das Tablett auf der Kochinsel. Die Gläser hat keiner angerührt, das Eis ist geschmolzen.

»Sind Billie und Malika gegangen?«

Wieder so eine Frage, wo die Antwort klar ist.

Mama tut genauso freundlich wie ich eben.

Ohne jeden Unterton sagt sie: »Vor einer Minute. Sie holen Jazz heute Abend ab. Dann siehst du sie«, sie unterbricht sich, stöhnt und schlägt wieder die Hand an die Stirn.

»Nicht«, ergänze ich an ihrer Stelle.

»Richtig«, sagt sie.

Ich sehe, dass sie sich am liebsten einen Moment setzen würde.

»Soll Doktor Bibber nach oben?«, frage ich.

Ja.

Mama sagt, die Jungs würden auf ihn warten.

»Ich mache das schon«, sage ich. Und hätte beinahe hinzugefügt, was ich an jedem anderen Tag gesagt hätte. »Solange ich nicht mitspielen muss.« Aber ich beiße mir noch rechtzeitig auf die Zunge.

Mama nimmt die Schachtel unter ihrem Arm in die Hand. Aber statt sie mir zu geben, legt sie sie auf den Tisch.

Sie zieht mich zu sich heran und legt die Arme um mich.

Ich wehre mich nicht.

Mein Kopf liegt viel zu warm an ihrem viel zu warmen Busen. Ihre Arme sind schwer. Zu warm ist schön, und zu schwer ist auch schön.

Ich denke an das Bild zwischen uns beiden, mit den Blumen und Pflanzen, die es nicht gibt, und dem *Entschuldigung* in der Mitte.

Mama legt mir ihre Hände auf die Ohren. Sie bringt ihr Gesicht dicht an meines.

»Schatz«, sagt sie. »Bleib doch ein bisschen mehr in meiner Nähe.«

Sie denkt nicht dran, dass ich sie nur halb höre, aber halb höre ich es auch gern.

57

MEINE FÜSSE AUF der Treppe sind leicht.

Doktor Bibber unter meinem Arm klappert.

Die Treppe dürfte höher gehen, viel höher sogar.

Als ich beinahe oben bin und die Zimmertüren sehe, verlangsame ich meine Schritte. Schade. Ich wäre gern länger glücklich geblieben.

Halt, stopp, sagen meine Gedanken.

Jede Tür hat eine Bedeutung.

Links ist die Tür zu Mamas Zimmer. Die erinnert mich an die Schachtel mit ihrem Leben drin.

Autsch.

Ich muss heute noch die Schachtel unter ihr Bett zurückstellen. Früher oder später wird sie merken, was ich angestellt habe. Und dann kann ich nicht so tun, als wüsste ich von nichts.

Wenn du dein Gesicht aus einem Foto wegschneidest, kann man es später zwar wieder reinkleben, aber dass es Pfusch ist, bleibt für immer sichtbar. Der Schnitt, den die Schere gemacht hat. Der Leim. Das Stück Klebeband.

Man wird sehen, dass du eines Tages etwas beschlossen hast. Und dass du es dir später wieder anders überlegt hast, aber dann war es schon zu spät.

Das kommt vor.

Gleich stelle ich die Schachtel wieder dorthin zurück, wo sie hingehört.

Ohne zu versuchen, irgendwas mit Leim oder Tesa zu kleben.

Aber vielleicht kann ich es auf eine andere Art wiedergutmachen.

Ja.

58

ALAN REISST SEINE Zimmertür auf. Hinter ihm liegt Jazz auf dem Bett. Er liegt in der Sonne, seine Haare sind fast weiß.

Mein Bruder schnappt nach Luft.

Ich glaube, er wollte gerade nach Mama schreien. Wo sein Doktor Bibber bleibt?

Er zuckt zusammen, als er mich sieht.

Ich nicht.

Ich kann einfach den Arm ausstrecken und ihm die Spieleschachtel geben.

»Da«, sage ich.

Alan und ich halten beide die Schachtel fest. Doktor Bibber hängt zwischen uns. Fast unmerklich geht er hin und her, von Alan zu mir und wieder zurück.

Kurz bevor ich loslasse, sage ich: »Sieh zu, dass du gewinnst.«

Alan guckt erstaunt.

Ich lächle.

»Nicht du. Jazz. Sieh zu, dass du gewinnst, Jazz.«

Seinen Namen ziehe ich in die Länge wie einen Kaugummi und lache kurz.

Danach gehe ich in mein Zimmer. Wie immer schließe ich hinter mir zu.

An die Arbeit.

59

DAS WORT SORRY zu schreiben ist nicht schwer. Es schöner aussehen zu lassen als nur ein Wort ist schon schwieriger.

Indem ich es ausmale und dem S und dem Y die richtigen Schnörkel gebe, fängt es an zu leben. Plötzlich scheint es, als wäre Sorry eine Pflanze, die zwischen anderen Blumen und Blättern wächst.

Danach zeichne ich mit einem dunklen Bleistift Schatten, das mache ich am liebsten.

An dem Bild für Mama arbeite ich lange, weil ich wie immer vergesse, was ich da gerade tue.

Meine Gedanken gehen in alle Richtungen. Was am Küchentisch mit Alan und Mama anfängt, wird zu einer Erinnerung an letztes Jahr, und diese Erinnerung verwandelt sich dann in Billies Stimme oder in etwas, was ich gesagt oder gehört habe.

Und plötzlich sehe ich dann, dass ich in der Zwischenzeit noch ein Blatt oder eine Blume gemalt habe, einen Käfer, einen Schmetterling, den es nicht gibt.

Als ich fertig bin, halte ich das Bild ein Stück von mir weg und kneife die Augen zusammen.

So sieht man am besten, ob noch was fehlt.

Doch es fehlt nichts.

Das Bild ist genau richtig, und es passt genau in die Schachtel, oben auf Mamas Leben.

60

PAPA UND SEINE Cruz sollten mich eigentlich im Lauf des Nachmittags abholen.

Nächstes Mal muss ich fragen, wie spät das ist, der Lauf des Nachmittags.

Vom vielen Warten wird man zu einer Schnecke.

Warum sagen sie nicht einfach, was sie meinen: dass sie mich abholen, wenn es ihnen gerade passt.

Darum werde ich sie gleich bitten: dass sie sich deutlich ausdrücken und eine Uhrzeit sagen sollen.

Und dann will ich mich auch deutlich ausdrücken.

Dass ich jede Woche ein ganzes Wochenende bei ihnen sein möchte.

Nicht nur ein halbes.

Ein ganzes.

Händelbar.

Ich werde Cruz das Bild, das ich für sie gemalt habe, schon im Auto geben, glaube ich.

Aber ob ich dazusage, dass es mir leidtut, weiß ich noch nicht.

BART MOEYAERT, 1964 in Brügge geboren, zählt zu den großen europäischen Erzählern im Kinder- und Jugendbuch. Sein Debüt veröffentlichte er 1983, mit nur 19 Jahren. Seitdem wurde sein Werk in über 20 Sprachen übersetzt und vielfach ausgezeichnet, u. a. mit dem Deutschen Jugendliteraturpreis. 2019 erhielt er die größte Auszeichnung als Kinderbuchautor, den mit 500 000 € dotierten Astrid Lindgren Memorial Award. Bei Hanser sind *Brüder* (2006), *Mut für drei* (2008), *Du bist da, du bist fort* (2010), *Wer ist hier der Chef?* (2011), *Hinter der Milchstraße* (2014) und *Du und ich und alle anderen Kinder* (2016) erschienen. Bart Moeyaert lebt seit 2006 in Antwerpen.
www.bartmoeyaert.com

BETTINA BACH, 1965 in Heilbronn geboren, wuchs in Deutschland und Frankreich auf. Nach einer Ausbildung an der Pariser Verlagsfachschule studierte sie Germanistik in Berlin und Kulturwissenschaften in Amsterdam. Seit 2000 übersetzt sie Belletristik und Kinder- und Jugendbücher aus dem Niederländischen und Französischen. 2014 wurde sie dafür mit dem Else-Otten-Preis ausgezeichnet. Für Hanser hat sie u. a. Philippe Pozzo di Borgo, Tommy Wieringa und Jowi Schmitz übersetzt. Bettina Bach lebt mit ihrer Familie in Jena.

Die Originalausgabe erschien 2018 unter dem Titel *Tegenwoordig heet iedereen Sorry*
bei E. M. Querido's Uitgeverij, Amsterdam – Antwerpen.

Dieses Buch wurde mit Unterstützung der Flanders Literature
(www.flandersliterature.be) herausgegeben.

FLANDERS LITERATURE

HANSER hey! Schau vorbei und
teile dein Leseglück auf Instagram

1. Auflage 2020

ISBN 978-3-446-26618-9

Umschlag: Stefanie Schelleis, München
Illustration: Jang Myeong Uk
Satz im Verlag | Druck und Bindung: GGP Media GmbH, Pößneck
Printed in Germany

MIX
Papier aus verantwortungsvollen Quellen
FSC® C014496